화가 이목일의 삶과 그림이 담긴 에세이

나는 영혼을 팔아 그림을 그린다

글·그림 이목일

어문학사

나 는
영 혼 을 팔 아
그 림 을 그 린 다

Prolog

그림으로 감동을 준다는 것

사랑하는 동생 영관아……. 나는 요즘 사람들에게 감동을 주기 위해 「지리산 달과 마야고」를 그리며 영적 힘과 열정을 다 쏟고 있다. 사람들에게 감동을 주는 작품을 만들기란 하늘의 별 따기보다 어려워.

— 형님 그림 좋은데요.

아니야, 좋은 거 가지고는 안 돼. '와~!' 하는 감탄을 자아내는 그림을 그리고 싶어. 난 그림을 그릴 때나 완성하고 나서 내 그림을 볼 때 혼자서 무한한 감동과 가슴 뛰는 흥분을 가누지를 못한단다. 그런데 얼마 지나면 금방 싫증을 느껴.

— 형님, 그건 다른 작가도 마찬가지예요.

금강산 비로봉, 2015.

나 는
영 혼 을 팔 아
그 림 을 그 린 다

영관아, 자네도 그렇겠지만 나도 그림 그리는 게 엄청 지겨워. 그런데도 붓을 들면 신명이 나니…….

— 형님, 저도 온종일 작업하는데 형님을 따라갈 수가 없어요. 허허. 형님은 몸도 안 좋으신데 정말 열정적으로 작업하시는 거 같아요. 이런 건 저도 배워야 할 텐데.

이제 나이도 육십을 넘겼고, 평생 붓을 부여잡고 캔버스 앞에서 그림만 그렸는데……. 지금쯤이면 손이 화폭 안에서 자유로이 움직일 줄 알았는데 아직도 헤매고 있구나. 내 그림의 궁극적 목적은 사람들에게 작은 감동을 주고 그 감동을 함께 공유하는 거라네.

영관아, 어떻게 하면 감동을 줄 수 있는 그림을 그릴 수 있겠는가. 요즘은 그림을 그리는 것보다 만들어가는 시대고, 나 역시 각종 새로운 기계로 그림을 만들고 있네만 잘 안 돼. 최근에는 「지리산 달과 마야고」에 매료되어 각각 변화를 줘 10여 점을 다르게 그리고 있네. 무한한 영감이 떠올라 그릴 때마다 다음 그림은 달의 색깔과 형태 그리고 별의 위치와 크기

등을 다르게 그려야지 하며 그려보지만, 막상 그려놓고 보면 별것도 아니야.

사실 감동을 준다는 것은 이렇게 어려운 거야. 나는 내 영혼을 내 그림 속에 담는 게 소원이지. 그렇게만 될 수 있다면 가난하게 살면서 그림을 그린 것에 한 점 부끄러움도 없고 원도 한도 없을 텐데……

— 형님은 진정한 예술가예요.

영관아, 나는 보이지 않는 것이 보이는 것을 움직이게 하고, 원색은 진실이며 진실이 원색이라고 가슴에 새기며 살아왔어. 혼을 팔아서 그림을 그리고, 그림이 곧 생존이라고 하지 않는가.

— 형님의 삶도 작품도 모두 예술입니다.

사랑하는 영관(철 조각가)이와 내 작품에 대해서 카톡으로 대화한 내용을 옮겨본다.

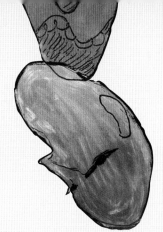

제2부
병상일기

제 **1** 부

나는 영혼을 팔아
그림을 그린다

비 우 는 시 간

수년 전, 우리는 기우제를 지내기 위해 관광버스 한 대를 전세 내어 각처에 떠도는 고단한 영혼들과 더불어 지리산 노고단으로 산행을 떠났습니다.

출발이 늦어져 밤 열한 시가 훨씬 넘은 시각에 희미한 외등만이 장승처럼 서 있는 산 아래 종점에 도착했습니다. 나는 긴 하품과 함께 기지개를 켠 후, 등산화 끈을 단단히 묶고 노고단을 향해 야간산행을 시작했습니다.

어둠 속에서 꾸무럭꾸무럭 노고단을 향하는 모습이 수십 년 전에 본 파르티잔에 관한 프랑스 영화의 한 장면을 연상시켰습니다. 하늘은 한없이 청명하였지만 산 아래는 희한하게도 어둠으로 가득하였습니다.

올라가는 길목 여기저기에 제법 희끗희끗 눈밭이 보이더니 중간쯤 오른 뒤부턴 온천지가 하얀 눈으로 덮여 있었습니다. 어둠으로 가득했던 산 아래와는 달리 천지 사방에 푸르고 하얀 세계가 펼쳐졌는데, 처음 체험하는 기이한 풍경이었습니다.

나 는
영 혼 을 팔 아
그 림 을 그 린 다

별빛사랑, 530×650, Canvas, Acrylic, 2011.

골짜기를 타고 내려오는 싸한 겨울 산 기운이 어찌나 신선한지 산행자의 가슴을 흔들어 놓기에 충분했고, 산을 오르는 사람들이 내뿜는 입김은 마치 새벽을 가르는 디젤 기관차의 증기처럼 역동적이었습니다.

능선을 올라 하늘을 바라보니 구름 한 점 찍혀 있지 않은 검푸른 빛 그대로인데, 하늘 가득 굵은 소금을 뿌려 놓은 것처럼 별들이 빨갛게, 노랗게, 하얗게 촘촘히 빛났습니다. 어디선가 한 줄기 실바람이라도 불면 하늘이 쨍 하고 깨어져 내려 텅 비어 버릴 것 같은 조바심과 긴장감마저 느껴졌습니다.

또 어디를 보아도 흰 눈과 수목뿐이라 무엇이든 건드려 보고 싶은 마음에 옆에 우두커니 서 있는 상수리나무를 툭 쳤습니다. 그랬더니 하얀 별들이 우수수 가슴팍으로 떨어지면서 눈앞이 온통 향기로운 꽃으로 피어났습니다.

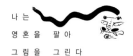
순간 내 영혼이 세속의 온갖 때 묻은 육신과 분리되어 눈앞에서 맴돌더니 천지 공간에 너울너울 춤을 추기 시작했습니다.

나는 잠시 착시에 빠진 것입니다.
세상에 이럴 수도 있는 것일까.
이것이 내 육신이며 또 내 혼이란 말인가.

참으로 아름다웠고 그때만큼은 녹슬고 황폐했던 내 영혼도 하나의 별이 되어 한없이 웃음 짓고 있다는 생각에 빠졌습니다. 그리고 돌, 풀보다도 더 하찮은 이해타산과 시기·질투에 메말라 버린 사람들의 가슴이 안타까웠습니다.

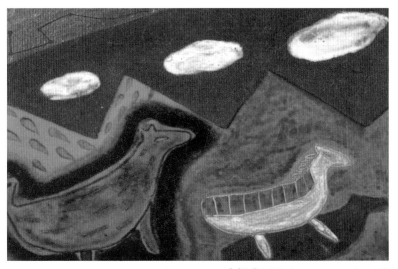

산정무한 2, 455×530, Canvas, Acrylic, 1996.

  천진함과 유치함, 진실과 위선을 구분 못 하는 인생. 학
교가 사람을 만들지 못하고 돈이 인격을 만들지 못함을 깨
닫지 못하는 사바의 영혼들.

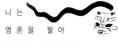

나는
영혼을 팔아
그림을 그린다

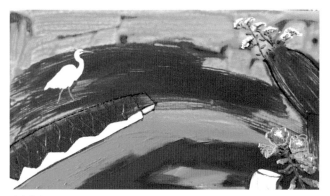

새벽의 한들, 727×909, Canvas, Acrylic, 2013.

안개섬, 727×909, Canvas, Acrylic, 2013.

산을 오르고 또 올라 노고단 정상을 앞에 두었을 때, 안개 같은 미립자의 눈보라가 선뜻 불어오더니 대번에 시야를 가려 버렸습니다. 보이는 것은 뿌연 눈과 안개뿐이었습니다. 누군가 안개는 그 자체가 철학이라고 했습니다.

시야를 가리기 때문에 상상력이 동원되고 상상력이 깊어지면 내면세계로 눈을 돌리게 됩니다. 그리고 그로 인해서 내면세계가 밝아지거나 맑아지거나 아니면 넓어지면서 생각과 삶을 여유롭게 만든다고 했습니다.

하얀 안개 바다를 통과하며 우리는 손에 잡힐 것 같은 정상으로 말없이 올랐습니다. 침묵만이 흐르는 산악, 과묵하게 걸어가는 산사람의 뒷모습이 고독해 보였고, 그 고독에서 사람의 향기가 느껴져 와락 껴안고 펑펑 울고 싶었습니다.

사람이 살아간다는 것은 무엇인가요?
당신과 나는 누구입니까?

나는
영혼을 팔아
그림을 그린다

　그렇게도 바빴던 어제의 이 시각을 까맣게 잊어버리고 작두의 날과도 같은 내일을 향해 우리는 부지런히 걷고 있는 것입니다.

　일순 나는 무엇을 위하여 이렇게 지리산 노고단 산행을 하고 있는지 생각하며, 더듬이를 잃어버린 곤충처럼 제자리를 맴도는 몽환의 세계에 빠져버렸습니다.

　우리의 정을 다듬고 갈무리할 자는 누구인가요?

　진실로 당신입니까?
　아니면 나입니까?

자연의 속삭임, 727×909, Canvas, Acrylic, 2014.

하늘 물고기

불교의 윤회설을 믿어
세상에 또 한 번 다시 태어난다면
물고기로 태어나고 싶다.

은빛 비늘이 반짝이고
날렵한 꼬리와 칼날처럼 빳빳한 지느러미를 가진
멋진 물고기가 되고 싶다.

한적한 시골 여울도 좋고
끝없이 깊고 어두운 심해도 좋으며
잔잔한 호수나 저수지도 좋다.

상선약수(上善若水).
이 세상에서 가장 선한 것이 물이라 했는데
물과 숨 쉬고 산다면 더 이상 바랄 게 있겠는가.

하늘 물고기, 1303×970, Canvas, Acrylic, 2009.

물 같은 평화, 530×650, Print, 1996.

한여름의 새벽 물안개가 피어올라

유리 같은 수면에 아침 햇살을 받을 땐

어족들과 비늘을 비비고

평화롭게 유영하며 아침을 노래하고

해 질 녘 낚시꾼이 던져 놓은 먹이를 먹다가

낚시꾼의 손아귀에서 비늘을 떨구며 파닥여도 좋으리.

착한 낚시꾼의 선심으로
방생의 기회가 주어진다면
그야말로 부활이 아니고 무엇이겠는가.
아니면, 낚시꾼의 살림망에 갇혀
도마 위에서 피를 흘리고
살이 베어져 생을 마치더라도
맛있게 요리되어 식탁에 오른다면,
내 생명 결코 헛되지만은 않으리라.

찔레꽃 잎이 바람에 휘날려
하얗게 물 위를 수놓을 때면
물가의 수초에 자리를 잡고
산란의 기쁨도 맛보고 때론 수원지를 찾아
상류의 깊은 골짜기까지 여행도 하며
누구도 훼절하지 않은 참물도 맛보리라.

나는
영혼을 팔아
그림을 그린다

따가운 태양이 내리쬐는 한여름엔

너울대는 녹색 수초 그늘에서

명상이라도 하며

밤마다 물속에 떠오르는 북두칠성에

사다리를 놓고

하늘 귀퉁이에 올라 물고기좌(座)가 되리라.

나는
영혼을 팔아
그림을 그린다

찔레꽃 이파리도 푸르른 수초도

모두 낙엽으로 퇴색되어

찬바람에 떨어지고

회초리 같은 앙상한 가지만 남아도

나는 계절을 탓하지 않으리.

내 은빛 비늘은 황금빛으로

더욱더 찬란하게 빛날 것이니.

한겨울에 난무하는 눈송이를 보고

누가 수천수만 마리 흰나비 떼의 군무라고 했던가.

수천수만 마리의 나비 떼가 춤을 추다가

수면에 떨어져 흔적까지 지워버리는 겨울이 와도 좋으리.

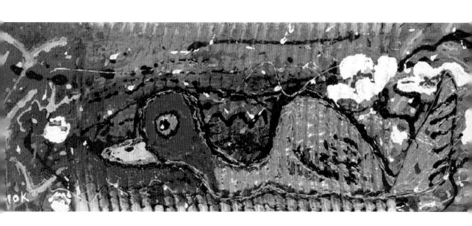

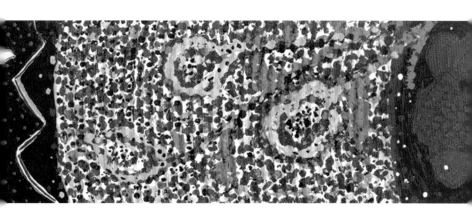

나는
영혼을 팔아
그 림을 그 린 다

하늘 물고기, 910×1168, Canvas, Acrylic, 2009.

그리고 차디찬 빙판으로 수면을 가두어 버리면
동안거(冬安居)의 결제(結制)에서 깊은 침묵을 배우리라.

겨울이 가고 따사로운 훈풍이 불어와 빙판을 녹이고
얼음의 족쇄가 풀려 해제의 날이 돌아오며
노랑나비, 흰나비가 찔레꽃, 진달래꽃을 희롱할 때
나는 물기 가득 오른 등판을 물 위로 올려놓고
욕망의 인간들을 유혹하리라.

나 는
영혼을 팔아
그 림 을 그 린 다

꽃과 여인, 240×280, Drypoint, 1988.

싱글 마더

한 장의 사진이 내 가슴을 뭉클하게 만든다. 갠지스 강의 장례 장면을 찍은 사진이다.

사람들이 다니는 길 어딘가에 장작더미를 쌓아 놓고 그 위에 아무렇게나 시신을 올려놓고는 손발이 삐쭉 나와 있는 그대로 불을 지펴 화장하는 장면이다.

장례를 지켜보는 자들의 눈에선 비통함이나 장엄함 같은 것을 찾아볼 수가 없다. 그저 예사로운 일상의 눈빛이라 뭐라고 감히 말을 할 수가 없다.

그렇게 하늘로 올라가는 흰 연기는 지상에서 영원으로 떠나며 마지막으로 흔드는 작별의 흰 수건 같아 처연해진다.

내 화실이 있는 원당과 벽제 화장터는 1킬로미터 정도 떨어진 거리에 있고, 화실 앞 낙타고개를 지나야만 화장터로 갈 수 있다. 장의차들과 비상등을 깜빡이며 줄줄이 벽제로 오는 흰 수건의 행렬들. 이쪽으로 화실을 옮기고 나서부터 늘 보는 광경이다.

나는
영혼을 팔아
그림을 그린다

　장례 행렬을 보니 초등학교 5학년쯤 되었을 때의 일이 주마등처럼 눈앞에서 되살아난다.

　나는 어머니를 따라 읍내 오일장에 나섰다가 마침 상여가 지나가기에 물끄러미 구경했다. 어머니는 내 손을 꼭 잡고는 "오늘은 참 재수가 좋겠구나." 하셨다. 그리고 뭔가 기분 좋은 일이 생길 거라고 독백처럼 하시던 말씀이 귓가에 맴돈다.

　정말 상여를 보면 재수가 좋을까?

　어른이 된 지금 곰곰이 생각해 보니 죽음에 대해서 언짢아하거나 두려워하지 말라는 의미로 하신 말씀이었으리라. 너도 언젠가는 저렇게 속세를 떠날 거라고 생과 사의 동질성을 일깨워 주고, 또 기분 좋은 일로 빗대어 어린 나에게 삶과 죽음에 대해 알려주신 것이 아닐까, 생각해 본다.

북한강 여인, 409×318, Drypoint, 1986.

나 는
영 혼 을 팔 아
그 림 을 그 린 다

소녀와 봄, 530×650, Print, 1979.

태양은 어느덧 원당골을 지나 서쪽으로 서서히 기울고 있다. 곧 어둠이 내릴 것이고 화실 앞 논길을 따라 띄엄띄엄 박혀 있는 가로등이 불을 밝히면서 밤의 무대가 열릴 것이다.

어둠과 밝음, 밤과 낮. 어둠은 무엇이고 밝음은 무엇이며 또 밤은 무엇이고 낮은 무엇인가?

인간이 태어나고 죽을 때는 왜 어두운 밤의 선율을 탈까? 어째서 어두운 밤에 생사의 대사가 이루어지는 것일까?

지금은 제왕절개다 뭐다 하는 수술로 밤과 낮의 구분없이 탄생의 기쁨을 맛보고 있지만, 예전에는 대부분 밤에 탄생의 울음소리를 접했고, 또 숨을 거두기도 했다. 다시말해서, 사람의 생사는 낮보다 어두운 밤 시간에 이루어지는 것이 태반이었다. 밝음보다는 어둠이 인간에겐 얼마나소중한 것인가를 다시 한 번 생각하게 된다.

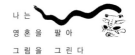

나 는
영혼을 팔아
그 림 을   그 린 다

    사람은 여기저기에서 생사가 동시에 이루어지니 인생
은 그냥 허망하고 허무하다고밖에 말할 수 없다.

    내가 매우 존경하고 인생의 스승과 같은 형수님이 계
셨는데, 형수님은 삶에 목표나 목적을 두지 않는다고 하셨
다. 목적이나 목표를 정해두면 결국 그것을 달성하기 위해
온갖 수단과 방법을 다 동원하기에 인간과 자연이 황폐해
지게 마련이라는 것이다.
    또 무엇보다 가장 큰 피해는 인간성 파괴와 생명 경시
풍조라고 하셨다. 생명의 무게는 지구보다 무겁고 한 번
죽고 나면 두 번 다시는 이승으로 돌아올 수 없다.

    캐나다에선 수년 전부터 싱글 마더라는 것이 서서히 사
회 문제로 대두되고 있다고 한다. 싱글 마더에 대해서 간
단히 설명하자면 남자, 즉 남편을 두고 사는 것이 귀찮다는
개념이다.

가족, 318×409, Canvas, Acrylic, 2007.

노스탤지어, 530×650, Print, 1979.

남편으로 인해서 쓸데없는 참견이나 구속을 받는 것도 그렇지만 친권이니 양육권이니 하는 법적 문제도 성가시고 '너는 너, 나는 나'라고 하는 개인주의에 천착한 사회의 소산이라 말할 수 있다. 그러니 '너'에 구속되지 않고 인공수정으로 '나' 혼자서 아이를 수태하고 출산한다는 것이다. 이것은 사생아와는 또 다른 의미다.

남자는 섹스 파트너로서 또는 쾌락의 대상으로만 족하고, 태어나는 아이는 당연히 태어날 때부터 아버지가 없고 아버지가 누군지도 모른 채 모자간의 관계만 유지한다는 것이다. 남성우월주의에 반기를 든 여성 에고(ego)의 극치가 아닐 수 없다.

봄, 봄, 410×540, Canvas, Acrylic, 2011.

나는
영혼을 팔아
그 림 을 그 린 다

여름, 348×242, Drypoint, 1987.

세월이 흐르면 로봇이나 복제인간 탄생을 원하는 사람들이 많아질 수도 있고, 동물과 결혼하겠다는 사람이 나올 수도 있다. 서구에서는 자기가 보살펴 온 애완견에게 자신의 전 재산을 상속한다는 뉴스도 들려오지 않던가.

이런 것 역시 인간 경시 풍조와 맞물린 것이 아닐까.

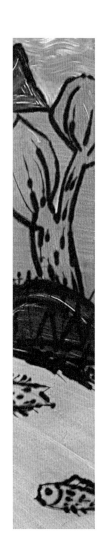

나 는
영혼을 팔아
그 림 을 그 린 다

쇠똥구리

쇠똥구리였지

뒤뚱거리며

헐떡이다

두텁게 굳어가는 퇴적물을 쌓으며……

하루살이의 꿈이

파멸의 종탑 위에서 마지막

입맞춤을 나눌 때

석양을 등지고 다가선 당신과

줄줄이 꿰어간 숱한 망설임

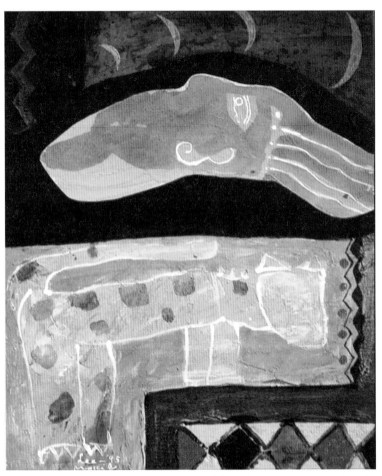

새벽의 기운, 651×909, Canvas, Acrylic, 1987.

나 는
영혼을 팔아
그 림 을   그 린 다

사랑의 하모니, 803×1163, Canvas, Acrylic, 2013.

그대만을 위한 기다림인 듯하여

차마 털어내지 못한 채

당신의 미소 한 자락 가슴에 품고

가을바람 앞에서 목청껏 소리치고 싶어

아!

사랑한다고

사랑한다고

나는
영혼을 팔아
그림을 그린다

작가는 자신의 작품에
스스로 비평가가 되어야 한다

그림을 그릴 때는 누구나 혼신의 힘을 기울여 칠하고, 긋고, 깎고, 부수며 예술의 탑을 세운다.

그리고 온몸으로 고뇌하며 빚어낸 작품을 가장 예리하게 비평하고 감상할 줄 아는 사람은 바로 자기 자신이어야 한다. 작가 스스로 객관적 눈을 가지고 자신의 작품을 볼 줄 알아야 작품세계가 발전하고 그 깊이가 더해지기 때문이다.

　그러나 대부분 작가들은 자신의 작품에 빠져 객관적인 눈을 잃어버린다. 이것은 마치 자기 자식에게 조건 없는 애정을 주는 것과 같다. 그래서 좋은 작가가 되기가 어려운 것이다.

　아무리 밤을 새워 고뇌하며 만든 작품이라도 깊이가 없다면 관객은 그 작품을 그냥 스쳐 지나갈 뿐이다.

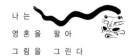

나는
영혼을 팔아
그림을 그린다

광인 狂人

예술의 세계에는 천재가 없다.
예술의 세계에는 광인만이 존재할 뿐이다.

오후 일곱 시, 오후 일곱 시면
서해의 수평선 저 너머로
떨어지는 검붉은 태양의 낙조,
저 붉은 태양의 반점은
빈센트 반 고흐의 고독한
외침이며 눈동자다.

이 시각 광인은 온 산야에
불을 질러 놓고 춤을 추는
불꽃의 꽃잎을 외롭게
화폭에 옮겨 심고 있다.

자연의 노래, 803×1168, Canvas, Acrylic, 2013.

하얀 캔버스에
빨강, 파랑, 노랑으로
색색의 각혈을 하고 있다.
정말 유장한 거룩함이라고
말할 수밖에 없다.

나 는
영혼을 팔아
그 림 을 그 린 다

화실의 풍경

삶에 대한 우리의 숱한 망설임을

그대는 거침없이 온몸으로

담아내고 있구나.

생·야·전·기·현(生·也·全·機·現)하고

사·야·전·기·현(死·也·全·機·現)하라.

살 때는 온몸으로 살고
죽을 때는 온몸으로 죽으라는 말씀이
그대의 붓끝에서 부활하는구나.
붉고 샛노란 꽃을 심어내는 그대와
한 번만이라도 좋으니
독주를 마시고 취하고 싶다.

추억과 낭만이 사라진 회색 도시,
살바도르 달리(Salvador Dali)의 나뭇가지에 걸려 있는
차가운 시계의 정지된 시침과 분침이 될 때까지……

때론 그대의 왼쪽 귀와
내 오른쪽 귀때기를 술잔에 곁들여
원색의 그곳에 당도할 때까지
마시고 싶구나.

그리고 흠뻑 취한 눈을 하고
그대의 침실로 달려가고 싶다.

나 는
영 혼 을 팔 아
그 림 을 그 린 다

깊은 명상, 727×909, Canvas, Acrylic, 2013.

그대 나에게 말해주오, 뭐라고 한마디 말씀을 해주오.

신의 말씀은 예언이 되고

사람의 말씀은 교훈이 된다 하니,

예언이든 교훈이든 다 좋으니

말씀을 해주오.

아직도 굳지 않은 물감과
테레핀 냄새 진동하는 붓을 통째 거머쥐고
까마귀 나는 밀밭 너머로
침몰하는 그대의 눈동자를
내 박동하는 가슴에 문신처럼
그려 넣고 싶어라.

이제 하루를 마감하고
또 하루를 맞이하기 위해
휴식의 긴 시간이 나래를 편다.
캄캄한 하늘에서
빗방울 떨어지고,
아까보다 더 세차게
후드득후드득
메마른 땅과 가슴을 적신다.

나는
영혼을 팔아
그 림 을 그 린 다

염하강에서
보내는 편지

염하강.

염하강은 내 화실에서 약 2킬로미터 정도 떨어진 곳에 유유히 흐르는 강으로, 아침마다 햇빛을 받아 번쩍이는 은둔의 왕 아나콘다의 두툼한 허리처럼 누워 흐른다.

강화도와 김포 사이에 흐르는 염하강은 사실 강이 아니라 좁은 해협이다. 한강은 하구쯤에서 두 줄기로 갈라지는데, 한 줄기는 북녘 개풍군 앞을 지나 서해로 빠지고, 또 한 줄기는 강화대교를 지나 장어 마을인 더리미와 갑곶돈대를 거쳐 오두돈대, 초지대교 밑으로 흘러가 인천 앞바다

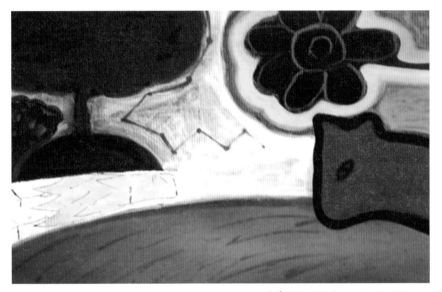

초원, 727×1000, Canvas, Acrylic, 1989.

나는
영혼을 팔아
그 림 을 그 린 다

에서 다시 서해와 합수한다. 이 서해와 합수하는 곳이 바로 염하강이다. 따라서 강화도는 여느 섬처럼 바다에 둘러싸인 섬일 뿐, 강은 지도상에 존재하지 않는다. 하나 이곳 주민들의 의식에는 분명 강이 도도하게 흐르고 있는 것 같다. 그것은 한강이 이 강의 원류라고 믿기 때문이다.

그래서 이름도 '바닷물이 들어오는 강'이라는 의미로 염하(鹽河)강이다. 여기서 김병중 시인의 「염하강에서」란 시 한 편을 나누어 읽어 보자.

염하강에서

김병중

강이 아닌 바다에 서서
바다가 아닌 강을 바라본다
강이 바다의 할아버지인지
바다가 강의 어미인지 알 수 없지만
이름은 강이라 하고
몸은 바다라고 한다
거북처럼 머리 쳐들고
초지대교로 돌아오는 만선의 배는
흰 갈매기가 호위하고
덕포진에서 불어오는 손돌바람은
강비늘을 세우는데

나는
영혼을 팔아
그림을 그린다

못난 삼식이를 대명리 주인이라 한들
누가 그를 탓하는가
호랑이가 입 벌린 모습이면 어떠하고
해마가 물 밖으로 나오는 모양이면 무엇하리
문수산 아래
강이 있어 바다가 있고
바다가 있어 염하강 물길이 있는
우린 대명천지에 한배를 탄
노아의 외밧줄 목숨이다

강화도 더리미 포구, 500×651, Canvas, Acrylic, 2007.

나 는
영 혼 을 팔 아
그 림 을   그 린 다

어쨌든 강화도에는 분명히 강이 흐른다. 그 강은 수
천 년을 지내 오면서 스스로 골과 물길을 만들어 좌우 둑
이 잘 발달되어 있다. 들풀과 들꽃들이 무성한 이 둑길은
먼 옛날부터 우리의 자존심을 지켜주는 방파제가 되어 주
었다.

우포늪, 455×530, Canvas, Acrylic, 2005.

나는
영혼을 팔아
그 림 을 그 린 다

소년과 물고기, 530×650, Print, 1996.

이 강변 둑길은 사시사철 산책하기에 좋고 이런저런 생각에 젖어들기에도 좋은 곳이다. 특히 여름밤 강변을 혼자서 걸으면 발아래 이슬 내린 풀잎의 감촉이 느껴진다. 또 미처 도망치지 못한 풀벌레들이 날갯짓으로 화음을 만들어내며 길을 내준다.

둑길을 따라 내려가면 팔각정이 있고 주위에는 잔디가 깔려 있어, 외출하기 좋은 계절에는 고기를 구워 먹기도 하고 도시락을 나누어 먹기도 한다.

밤에는 세속적 인간사나 부끄러운 사랑의 밀어를 속삭이고, 비스듬히 누워 밤하늘 별빛 속에 들려오는 풀벌레들 소리로 향수에 젖기도 하는 곳이다.

나 는
영 혼 을 팔 아
그 림 을   그 린 다

콘크리트로 무장한 회색 도회지에서는 절대 볼 수 없는 검푸른 하늘과 신선한 바람, 파괴된 인간의 가슴에 동심의 수채화를 그려 주는 은하수와 벌레 소리가 수묵처럼 밤하늘에 번지는 곳이다. 염하강변은 이렇게 살아 숨 쉬는 육체와 정신의 요람이다.

한편, 조용하게 흐르는 듯한 이 정지의 강엔 몇 척의 목선이 다리 아래 도열해 있다. 목선을 띄우고 있는 강 아래에 사는 수많은 생물은 생을 노래하며 염하강이 생명의 물줄기라는 걸 묵묵히 증명해 준다.

포구는 어부들이 그 목선에 던져 놓은 저인망으로 생물을 건져 올려 삶을 영위하는 곳으로, 가끔 어망에 걸린 생물을 따라 나가는 통통선이 적막을 깨기도 한다.

석류빛 사랑, 348×242, Drypoint, 1987.

나 는
영 혼 을 팔 아

그 림 을 그 린 다

잠행, 550 × 200, Painting washboard, 2009.

염하강은 내성이 깊어 화를 잘 내지 않으며 주위에 인간들을 불러들여 삶의 터전을 만들어 주는 거룩한 모성의 강이다.

장맛비로 강이 온통 누런 황하가 되고 온갖 쓰레기들이 강물을 헤집으며 물길에 상처를 내도 표정 하나 변치 않고 묵묵히 참아내는 아버지의 든든한 어깨 같아서 믿음직하다.

또한 어디서나 볼 수 있는 풀과 들꽃으로 가득한 둑길은 언제나 나를 반기며 위로해 주는 영혼의 도반이자, 벗이다.

염하강은 오늘도 내일도 나의 가슴으로 너의 가슴으로 흘러갈 것이다.

그리운 친구
강태기에게

친구 강태기,

이제 이승에선 두 번 다시 볼 수가 없는 사람이 되어버린 친구야. 작년에 자네가 폐암으로 투병 중이란 소식을 풍문으로 듣고 내 몸이 조금만 좋아지면 문병을 가리라 벼르고 있었지.

자네와 나는 잊을 수 없는 수많은 추억을 가지고 있지. 내가 75년도 39사단 수송부를 제대하고 70년대 말쯤 흑석동으로 복학해서 맨 처음 만난 동무가 자네였지 않은가.

하워드 병원 화실에서

    강의가 끝나고 또는 휴강일 때면 약속이나 한 것처럼, 교문을 나와 노동자들의 집합소인 '할머니집'이라는 뒷골목 대폿집에서 만났었지.

나 는
영혼을 팔아
그 림 을   그 린 다

너는 왜 내가 아니고 너인가, 455×530, Canvas, Acrylic, 1987.

그 집에서 처음으로 자네가 권하는 술안주로 닭발 삶은 것을 먹었어. 비가 오면 비가 온다고, 바람이 불면 바람이 분다는 핑계로 모여 앉아 무던히도 잔을 나누며 문학과 예술을 노래하였고, 더 취하면 쓸데도 없는 개똥철학으로 갑론을박하며 시간 가는 줄 몰랐지.

감수성과 감성의 불덩어리인 젊은 예술 지향적 술자리는 늘 그랬지 않아? 술에 취해 박인환의 시「목마와 숙녀」를 낭송하고, 화가 이중섭의 외로움과 고독한 불알을 안주 삼았지.

긴 세월 독수공방에 애꿎은 자신의 불알에 살아 있으라고 소금을 치고, 일본에 있는 아내를 기다리면서 은박지에 소년과 가족을 천진하게 그린 화가 이중섭. 또 시인 이상의 시「날개」,「오감도」,「거울」, 그리고 반 고흐의 잘린 귀를 술상에 올려놓고 술안주로 씹지 않았는가.

나는
영혼을 팔아
그림을 그린다

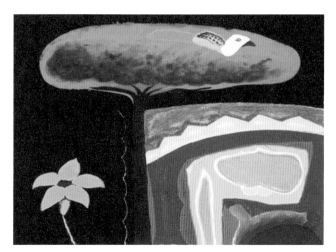

그리움, 530×650, Print, 1979.

기다림, 530×651, Canvas, Acrylic, 1966.

특히 20세기의 거장 살바도르 달리의 기행과 아내 갈라(Gala)와의 운명적 만남을 특미로 씹으며 부러워하기도 했지.

20세기의 쉬르레알리즘(Surréalisme)이란 사조로 미술사에 획을 그은 행위예술가요, 천재 화가인 살바도르 달리와 그의 아내 갈라는 늘 좌중의 최고 안주였잖아. 예술가는 여자에 의해서 만들어진다는 전설 같은 말을 갈라는 온몸으로 실천하며 확인시켜준 여자였지.

갈라는 러시아 태생이며 프랑스 초현실주의 시인인 폴 엘뤼아르(Paul Eluard)의 아내였고 딸을 둔 유부녀였다. 폴과 달리는 초현실주의의 사상을 공감하는 친구였지. 어느 날 파티 석상에서 달리는 폴의 부인 갈라와 운명적으로 만났고, 갈라는 달리의 천재성을 직감하고는 남편과 딸을 버리고 열 살이나 어린 달리의 품으로 과감히 뛰어들었다. 그녀는 달리의 예술을 통해 자신을 표현하며 달리의 미술세계에 총체적인 영향을 주었지.

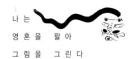

　누구도 따를 수 없는 갈라의 지적 통찰력과 풍부한 감성은 첫 남편이었던 시인 폴에게 무한한 영감을 주었고, 역시 달리에게도 수많은 작품을 탄생하게 했다.

　폴은 갈라가 떠난 후 자신의 제자와 함께 행복하게 살았다지. 하지만 지금은 그 누구도 지상에 남아 있지 않구나.

　우리의 취함이 더할수록 그 열기는 점입가경. 나는 이중섭과 고흐가 되고 자네는 시인 이상과 박인환이 되어「오감도」,「거울」같은 시를 노래하며 모두가 현실과 동떨어진 상상의 나래를 폈었지.

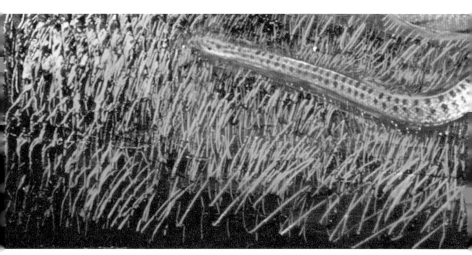

花蛇, 200×550, Figure washboard, 2009.

예술!

예술가!

나 는
영 혼 을 팔 아
그 림 을 그 린 다

키스, 242×348, Canvas, Acrylic, 2009.

참 험하고도 긴 길을 우리는 술기운으로 단박에 오르내리곤 하였다. 이런 치기 어린 순수한 장면을 철없는 짓거리라고 사람들은 혀를 차고 한심해 했을 거야.

집에 그림 한 장 걸려 있지 않아도 행복한 가정이 될 수 있고, 소설책 한 권 읽지 않아도 무식하다는 이야기 듣지 않으며, 시 한 줄 몰라도 어엿한 회사의 사장이나 중역이 되는데, 춥고 배고픈 예술가가 뭐가 그렇게 좋다고……. 그래, 예술이 뭔지 몰라도 되고 예술에 침을 뱉어도 좋다.

술 자리에서 이성은 일찌감치 바닥에 떨어져 질퍽한 막걸리에 젖어 있는 담배꽁초와 뒹굴고, 술상에는 감성만이 난무하며 숟가락 장단과 춤, 노래가 조그마한 대폿집을 들었다 놨다 하지 않았던가.

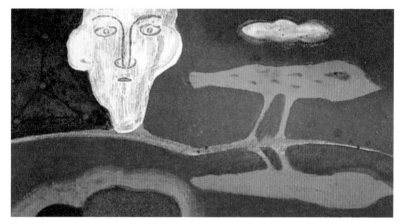

나 는
영혼 을 팔아
그 림 을 그 린 다

여름, Canvas, Acrylic, 1985.

　대폿집 문을 닫을 즈음이면 바로 옆 소위 니나놋집이 줄지어 있는 연못시장으로 자연스럽게 발길을 옮겼지. 골목길 옆에 핀 밤의 꽃들이 손짓을 하고 진한 화장품 냄새를 풍기는 그녀들의 손에 이끌려 붉은 전등이 희미하게 켜져 있는 쪽방에서 학생증이며 차고 있던 시계며 주민등록증을 맡기고 또 한 잔을 마시지 않았는가.

　자네에게는 누구의 DNA인지 모르나 예술가의 씨앗이 골수에 박혀 뿌리를 내렸고, 발길은 자연스럽게 예술대학 문예창작과를 향하게 되었지. 그렇게 소설가의 꿈을 키워 나가지 않았는가.

하지만 불행하게도 가난한 집에서 대학 학자금을 내기에는 너무나 벅찼고 결국 학교를 그만두게 되었지. 학업의 중단으로 고통과 좌절의 나날을 보내면서도 시를 쓰고 단편을 써서 여기저기 발표하며 선후배들과 어울리지 않았는가?

친구야, 고통도 언젠가는 감동이 된다고 했다. 그 당시 나는 자네를 볼 때마다 감동적이었네. 늘 학교 언저리를 맴돌며 학우들을 만나 같이 모여 나누는 문학적 감성의 열매를 주워담기도 하고 표출하기도 하며 예술의 열정을 달구어 나갔었지.

졸업 후 자네는 주경야독의 정신으로 수많은 원고지를 폐지로 만들며 소설책 한 권을 상재(上梓)했었지. 『청동빛 이마의 천사』라는 좀 긴 제목을 달고서 말이다.

어렵게 생활하면서도 책은 바로 베스트셀러가 되었으니 불굴의 정신이 세상을 이긴 것이다.

나는
영혼을 팔아
그림을 그린다

친구야!

나는 어느 날 갑자기 왼쪽 마비의 장애를 가진 소위 중풍 환자가 되었다네. 잘 걷지도 일어서지도 움직일 수도 없는 중환자가 되었어. 지금 내가 가장 부러운 사람은 병원에서 청소하는 청소부라네.

사람들은 갑자기 찾아온 현실에 누구나 한 번쯤은 자살을 선택하려고 하지. 나 역시 그 후 몇 번이나 자살을 시도하며 삶을 후회하고 비관했어. 그리고 아무도 없는 방에서 혼자 눈물 흘리며 울부짖기도 했다네.

그러나 나보다 더 지독한 환자들을 수없이 많이 보고 또 그들이 누워서 재활 훈련을 하여 조금이라도 정상으로 돌아가려는 의지로 땀 흘리는 걸 보고 크게 깨달았네. 저 사람도 하는데 왜 나는 못하는가.

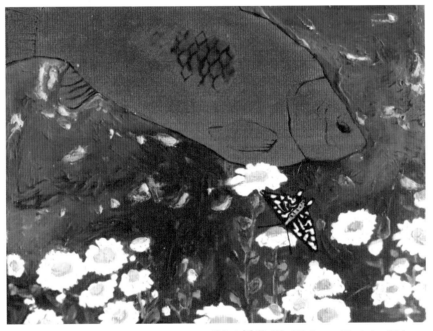

붉은 고기와 꽃, 455×530, Canvas, Oil painting, 2014.

그들의 모습을 보고 시련을 이겨내야 한다는 의지와 신
념이 가슴에 활기를 띠기 시작했고, 급기야는 나도 재활의
바다에 뛰어들었어. 지금은 일상생활에 크게 지장이 없네.
걷는 것과 왼손이 마음대로 움직이질 않아서 그림 그리기
에 불편하지만, 누군가 약간만 도와주면 부자유스럽게나
마 내 뜻대로 그림을 그릴 수 있다네. 나는 화가 아닌가.
그리하여 나는 오늘도 재활을 꿈꾸며 재활의 페달을 힘차
게 밟고 있어.

친구야, 자네의 소설 『청동빛 이마의 천사』는 미안하지
만 아직도 읽지 못했네. 그러나 내 친구 중에 소설가 한 명
있다는 것만으로도 나는 크게 자랑스러웠어.

자네를 마지막으로 본 것이 강남 모 화랑에서 초대 개
인전을 할 때였지. 그날 저녁 화랑 문을 내려놓고 골목에
있는 블루라는 카페에 가서 허리띠를 풀고 그동안의 목마
름을 달랬잖아.

기억하는가?

그것이 이승에선 마지막이었구나.

사랑하는 태기야, 인생살이가 뭐 별것도 아니더라. 인생은 한 줌 뜬구름이라 했는데 그것도 빈손으로 돌아가니.

"生也一片浮雲起(태어남은 조각구름이 생기는 것과 같고)

死也一片浮雲滅(죽음은 조각구름이 사라지는 것이다)

生死去來亦如然(나고 죽고 오고 감이 이와 같구나)."

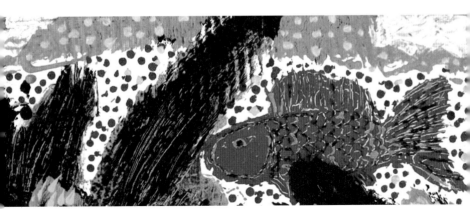

푸른 물고기, 200×550, Figure washboard, Acrylic.

내 인생의 8할은
여자였다

오늘 아침, 지리산에서 한때 함께 뛰놀던 김경두 형이 병원에 있는 나에게 격려 문자를 보내왔다. 어찌나 반갑고 기쁘던지……. 그래서 이런저런 이야길 문자메시지로 나누면서 "형, 내 인생 8할은 여자였어."라고 이야기했다.

여자!
뜨거운 리비도와 모성!

그 거룩한 모성의 요람에서 원색의 리비도를 섞어 캔버스에 토해내는 일이 나의 소임이었다고. 나는 죽는 날까지 내 삶의 소임을 다하고 돌아간다고 고백했다. 아마도 먼저 가신 아버지와 어머니는 '잘 하고 돌아왔다, 잘했다'며 어깨를 두드려 주실 것 같다.

꽃과 여인, 530×455, Canvas, Oil painting, 1976,

나 는
영 혼 을 팔 아
그 림 을 그 린 다

　화실 정리를 해보니 제법 그림을 그렸다. 그래서 은근히 우쭐해졌다. 이 정도 그렸다면 '나는 화가다.'라고 말할 수 있으리라. 화가는 그림이 많아야 한다고 대학 1학년 때 담임 교수이신 장리석 선생님이 하신 말씀이 생각난다.

　참 어려운 직업이 화가다.

　그러나 난 화가다.

　나는 그동안 내 삶의 몫을 다했으며 또한 스스로 긍정했다. 내 인생의 8할은 여자와 리비도이며 그리고 작품이라고 말할 수 있다.

봄을 기다리는 쳐녀, Canvas, Acrylic, 2015.

문신과 피어싱

　　지난날 아주 친한 친구 중에 조해인이란 멋쟁이 시인이 있었다. 서로가 하루라도 못 만나면 좀이 쑤시는 그런 사이였다.

　　하루는 그에게서 전화가 왔다. 미국 샌프란시스코에 사는 잘 아는 여자가 왔는데 같이 만나러 가자는 것이다. 만나는 장소가 우연히도 내가 사는 응암동 집 바로 뒤였다.

　　그녀를 만나서 인사를 하고 커피를 마시는데, 그때가 초여름인지 여름인지 기억이 잘 나지 않지만 하늘거리는 옷 속에 여러 모양의 문신이 가득하여 깜짝 놀라지 않을 수 없었다. '여자가 뭔 문신을 저렇게 했누?' 흉해서 똑바로 쳐다보지를 못했다.

누드 - 봄처녀, 212×334, Canvas, Acrylic, 2014.

　　그녀는 심한 경상도 사투리를 썼는데, 고향을 물어보니 내 고향과 가까운 진주라고 했다. 가끔 목을 숙일 때 목덜미 아래쪽이나 가슴팍이 온통 문신으로 아롱져 있었다.

나 는
영혼을 팔아
그 림 을 그 린 다

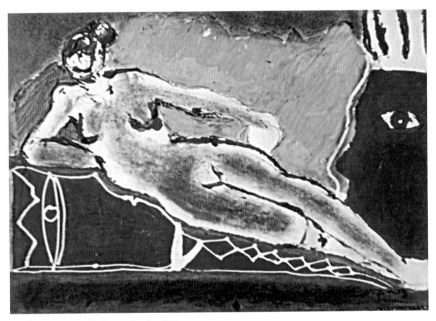

누드 - 2, 530×722, Canvas, Acrylic, 2013.

　　자신의 직업이 타투사(문신을 넣어주는 직업)라고 한 그
녀는 여기저기 문신을 보여주면서 자랑스럽게 이야기를
늘어놓았다. 그리고 천연덕스럽게도 시가(cigar)를 피우면
서 미국 이야기를 해주었는데, 다시 한 번 놀란 것은 그녀
의 언행이 천진난만하며 순수하기 이를 데 없다는 것이다.
말하고 생각하는 것이 어쩌면 저렇게도 맑고 순수할까 싶
어서 조금 전 그녀를 곁눈질한 나 자신이 부끄러워졌다.

　　그날 그녀와 그녀의 친구, 그리고 나와 해인이 이렇게
네 명이 함께 시내 구경을 나갔다. 무교동 낙지집에서 낙
지도 먹고 종로 뒷골목에 있는 시인통신이란 목로주점에
서 밤늦도록 맥주도 마시며 미국 사람과 한국 사람을 비교
하고 서로 살아가는 이야기를 나누었다. 어쩌나 재밌게 이
야기하는지 시간 가는 줄을 몰랐다. 그녀의 풍부한 지식과
교양에 모두가 매료되어 새벽까지 술을 마시며 노래도 불
렀다.

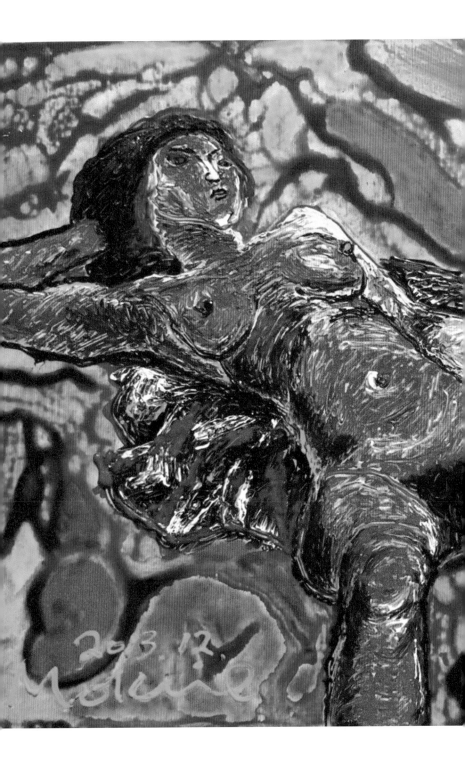

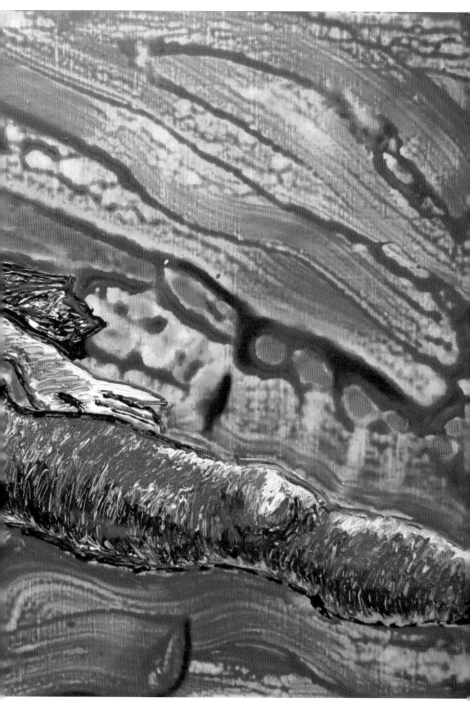

누드 - 해빙, 727×1000, Canvas, Acrylic, 2013.

나는 그녀의 이야기를 들으며 천진스러운 애어른을 보는 것 같아서 그녀에게 푹 빠져 버렸다.

나는 그녀에게 당신의 몸을 사진으로 찍어두면 어떻겠냐고 했다. 그랬더니 그녀는 바로 좋다고 하면서 한술 더 떠서 이왕이면 누드로 찍자고 말했다. 나는 즉시 사진작가인 황상보라는 후배에게 이 이야기를 하고는 그의 신사동 스튜디오에서 촬영을 하자고 했다.

다음 날 나와 그녀는 황상보 스튜디오에 갔다. 상보는 그녀를 힐끔 쳐다보더니, 사진 찍을 생각은 하지 않고 엉뚱한 짓거리만 하고 있었다.

약 한 시간 정도를 멍청하게 소파에 앉아서 책자를 뒤적이며 기다리다가 너무 지루하고 그녀에게도 미안해서 상보를 밖으로 불러내 이유를 물었더니 얼굴이나 몸매가 아니라는 것이었다.

누드 - 3, 530×409, Print Paper, 1980.

　나는 내 체면을 생각해 몇 컷만 찍자고 그의 소매를 잡
아끌며 소품을 챙겨 주었다. 그녀도 촬영 준비를 하며 한
쪽에서 옷을 벗고 가운을 입었다.

　약 10분 정도 준비를 하고 스튜디오 가운데로 나와 가
운을 벗는 순간, 그녀의 온몸에 새겨진 문신을 보며 우리는
입을 다물지 못했다.

나는
영혼을 팔아
그 림 을 그 린 다

P여인의 누드, 727×606, Canvas, Oil painting, 2014.

환상이었다. 더 이상 말이 필요 없었다.

바짝 마른 몸매와 온몸을 장식한 문신은 마치 새벽 하늘에 빛나는 별처럼 찬란했고, 문신으로 뒤덮인 몸은 뭐라고 표현하지 못할 움직이는 작품으로 우리에게 다가왔다.

내가 좋아하는 에곤 실레(Egon Schiele)라는 화가가 있다. 바로 그가 그린 그림에 등장하는 여인의 몸매였다. 어깨, 허리, 히프가 똑같은 일자형의 누드 그림. 쇄골과 골반 뼈가 뚝 튀어나오고 갈비뼈가 드러나 보이면서 공포스러운 눈빛을 한 그림 속의 그런 여자.

특히 자신의 젖꼭지와 배꼽, 그리고 클리토리스에 꿰어 놓은 조그마한 고리가 또 하나의 작품이었다. 피어싱이었다.

나는
영혼을 팔아
그림을 그린다

태어나서 그런 부위에 링을 해놓은 여자는 처음 보았기에 탄성이 절로 나왔다. 그런데 그런 그녀의 몸이 조금도 이상하게 보이질 않았다. 절묘한 조화였다. 그 고리는 이리저리 걸을 때마다 자연스럽게 조금씩 좌우로 흔들렸다.

그리고 그녀는 아무렇지도 않은 듯이 스튜디오를 걸어다녔다. 이리저리 지시를 하지 않아도 걷고 움직이며 취하는 절묘한 자세가 바로 작품이고 황홀 그 자체였으니…….

문신으로 덮인 누드를 본 사진작가는 그녀의 움직임을 한순간이라도 놓칠세라 정신없이 셔터를 누르기 시작했다. 옆에서 보고 있는 나 역시도 흥분하지 않을 수 없었다. 어쩌면 저렇게도 몸매와 문신이 기막히게 조화로울 수 있을까.

움직이는 동작 하나하나에 셔터 소리가 요란했다. 결국 300여 장의 사진을 숨죽여 가며 마구 찍었다.

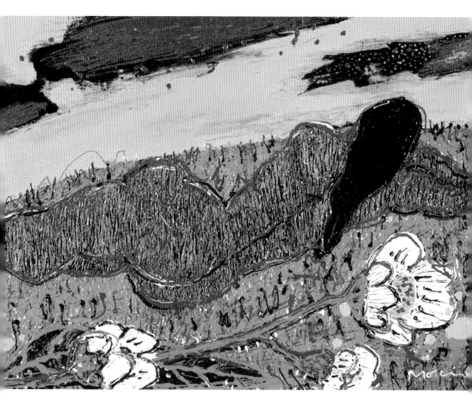

누드 - **타이티의 여인**, 530×727, Canvas, Acrylic, 2001.

만 남

삶에서 만남이란 불가항력적인 것이다. 그것이 필연이든 우연이든, 인간은 반드시 둘이 만나서 하나를 이루어야 한다. '人'(사람 인)자 역시 일(一)이 아니라 이(二)다. 두 사람이 만나야 비로소 한 사람으로서 완전하다는 의미일 것이다. 문제는 어떤 만남인가에 따라 불행도 오고, 행복도 온다는 점이다.

인간에게는 온갖 질병과 사고가 별안간 찾아오면서 행복을 가로막는 일이 다반사다. 따라서 둘이 만나 백년해로를 할 수 있다면, 그것은 하늘의 뜻이라 여긴다.

'행복을 전하는 전도사'라고 하던 사람이 남편과 함께 자살로 생을 마감했고, 백 세 건강을 부르짖던 모 건강 박사도 패혈증으로 세상을 등졌다.

나는
영혼을 팔아
그림을 그린다

긴 소리 낮은 여운, 606×727, Canvas, Acrylic, 2013.

이 사람들은 만남이 원인이라기보다 고독과 우울로 인한 병사일 수도 있겠다. 하지만 잘못된 만남으로 풍비박산이 난 가정이 어디 한둘인가.

또 어느날은 세상의 부러움을 한몸에 받았고 영원히 행복할 것 같았던 탤런트와 운동선수 부부가 자살로 생을 버렸다는 비보를 들었다. 이것이 베르테르 효과를 불러와 여러 자살 사건이 발생할지도 모른다는 보도에 걱정이 앞선다.

아! 어찌하여 이런 불행한 일이 발생하는가.

우연한 만남이 필연이 되어 단 몇 초만에 사랑이 뿌리를 내리기도 하기에, 사랑은 만나서 서로 마주 보는 순간 생긴다는 말이 있다. 단 1초의 시간에 서로의 존재를 느낀다 하니 신비로운 일이다.

그들도 노사연의 노래 「만남」을 함께 부르며 우리의 만남은 운명이라고 서로의 손을 잡고 떨리는 마음으로 사랑을 확인하였으리라. 어쨌거나 그들의 만남은 잘못된 만남이고, 잘못된 만남의 최후가 어떤 것인가를 보여준 사건이다.

나 는
영혼을 팔아
그 림 을 그 린 다

봄-망월 수로의 사랑, Canvas, Acrylic, 2011.

　오죽하면 자살을 택하겠느냐마는 그래도 그것은 분명 잘못된 만남이다. 우리가 어떤 사람을 만나야 불행을 피하고 행복할 수 있는가는 누구도 알 수 없고 장담할 수도 없다. 그것은 자신을 낮추고 상대를 배려했을 때, 행복이 깃들지 않을까 생각한다.

　그러나 힘겨운 현실과 가정을 참고 견디며 하루하루를 사는 사람이 얼마나 많은가. 부부간에 보통 자기는 변하지 않고 상대의 변화를 기대하는 사람이 대부분일 것이다. 나도 그랬다.

　서로 인내하고, 이해하고, 양보하고, 배려하면서 행복을 만들어 가야 하는데, 이것처럼 어려운 일이 어디 있는가.

하지만 만남에도 혜안과 지혜는 분명히 있다. 그것은
다름 아닌 자신의 분수에 맞고 눈높이가 비슷한 사람과의
만남이고 부모님의 조언을 새겨듣는 것이다.

인생의 첫 단추를 끼울 때부터 모든 것에 분수를 지키
며 부모님의 말에 귀를 기울이면 불행은 줄어들 것이다.

그러니까 제 분수를 알고 부모님 말씀을 귀담아들어야
한다. 부모님은 다름 아닌 하나님을 대신한 사람이기 때
문에…….

그들은 서로 재산이나 유명세라는 껍데기만 보고 사랑
을 속삭이고 미래를 다짐한 것이 아닌지 지극히 안타까울
뿐이다. 진실함은 양파 껍질 같은 수많은 껍질 속에 숨어
서 가장 마지막에 그 모습을 나타내는 것인데, 허상만 본
것은 아닐까.

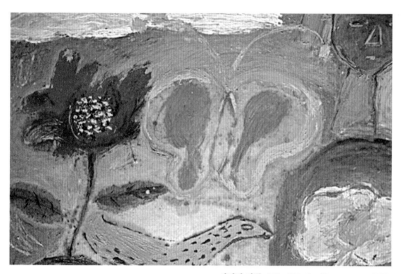

생명의 기쁨, 212×334, Acrylic on paper, 2005.

나 는
영 혼 을 팔 아
그 림 을   그 린 다

그러나 절망하지 말자. 나의 자식과 후배들에게 이르노
니 행복한 만남과 불행한 만남을 가릴 수 있는 지혜를 꼭
배워서 시행착오 없는 삶을 살아갔으면 하는 바람이다.

불행 속에서야말로
진정한 행복을 찾을 수 있는 기회가 있다.

자살!
거꾸로 읽으면 살자다.
스스로 죽지 말고 살자!
살아 있음이 곧 행복이거늘…….

생명의 江, 800×1150, Canvas, Oil painting.

디지털 사랑

세상의 통신 수단이 몽땅 디지털로 바뀌었다. 텔레비전도 어제부터 아날로그 방송이 끝이 났다고 한다. 그래서 그런지 인간관계도 '빨리 빨리'의 급류를 타고 있다.

껍데기만 왔다 갔다 해서 우리의 관계가 쉬 변질되고 깨지는 것 같아서 아쉽다. 디지털 세상의 도래는 인간성 상실의 신호탄이 되어버린 것 같다.

그 예로 카카오스토리란 것이 있는데 한 번 호기심으로 가입해 봤다. 정보가 일분일초만에 바뀌고 변화무쌍하다. 마치 꼭두쇠들이 춤추는 마당 같아서 나도 모르게 고개를 저었다. 이것이 나이 때문인지 몰라도…….

누가 누군지도 모르는 사람들끼리 모여서 자료를 올리고 쓰고 하는 자위의 마당. 그러한 사진과 글들을 과연 몇 초 동안이나 기억할까.

나 는
영혼을 팔아
그 림 을 그 린 다

사랑을 찾아서, 455×530, Canvas, Acrylic, 2011.

돌아서서 휴대폰을 꺼버리면 꺼짐과 동시에 모든 걸 잊어버리는 존재들. 물론 그곳에서도 나름대로 사랑과 우정이 싹트고 서로의 의식을 나누며 활발한 의사소통을 하는 사람들도 있다.

하지만 대부분은 진지한 모습보다는 가볍고 호기심 가득한 잡담으로 시간을 채우는 것이 저잣거리의 일상과 진배없어 보여 한심하다.

나 는
영 혼 을 팔 아
그 림 을 그 린 다

과연 그런 곳에서 진정성 있는 사귐이나 나눔,
진실한 우정이나 사랑이 싹틀 수 있을까.

공중전화 송수화기 속의 음성, 원고지 같은 갱지에 쓴
편지나 엽서, 인간애 가득한 손때 묻은 시간들이 지나서 서
로의 가슴과 가슴을 어루만져도 용해되지 못할 인간의 저
변 깊숙이 숨어 있는 순정이 된다. 그런데 어찌 수십 초 만
에 서로의 마음이 전달되어 뜨거운 휴머니즘으로 이어지
고, 서로를 그리워하며 사랑이란 열매가 열리겠는가.
그저 심심풀이로 손바닥에 올려놓은 솔방울 같은 만남
이랄까. 디지털 세상이 와서 좋은 것도 있겠지만, 느린 속
도와 더듬거리는 어리숙함에서 느껴지는 인간미는 없어졌
다. 그러기에 우리는 과거로 돌아가고픈 향수에 젖으며 아
날로그를 그리워한다.

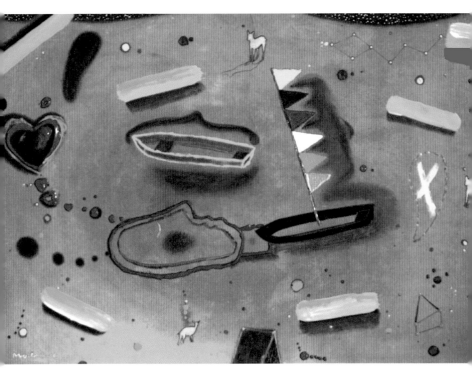

바람의 여신, 700×1000, Korea paper, Acrylic, 2007.

나는
영혼을 팔아
그림을 그린다

고독

설산(雪山)의 빙각 위에서
혼자 외로이 독주를 마시는구나.

속세의 잡사를 아래로 아래로
흘러보내고

술잔 속에 떨어져 사라지는
눈송이로 벗을 삼는 너는

사바나의 고독한 맹수일런가
맹금류의 수장일런가.

대중가요의 차표 한 장처럼

삶의 방향이 바뀐 우리는

언제 어디서 다시 만나랴.

새벽 여명의 찬 공기를 가르며 활강하는

까마귀 한 마리를 바라보며

홀로 잔을 비운다.

율리시즈의 시선

일요일 아침. 창을 가린 붉은 커튼을 거두어 내니 한꺼
번에 햇살이 유리창에서 아우성을 친다.

쾌청한 날씨에 하늘은 푸르고 구름 한 점 없다. 바람이
화실 옆 미루나무 가지를 좌우로 흔들어주며 내게로 오라
고 손짓한다. 멀리 보이는 수양버들 줄기는 수채화 물감을
죽 그어댄 것처럼 새싹들이 푸르다. 마치 깨끗이 감아낸
여인네의 긴 머리카락처럼 너울거림이 향기롭다.

얼마 전에 냉장고 외벽에 '꽃'이라는 제목으로 그림을
그려 놓았다. 그림들이 아무리 봐도 화려하다. 특히 여인
의 눈매와 입술은 내가 보아도 선정적이다. 간혹 저 그림
을 볼 때마다 나는 왜 여기에서 이렇게 그림을 그리며 혼
자서 살아가고 있나, 하는 생각이 들곤 한다. 어릴 때부터
지금까지 오직 그림이라는 화두에 목을 매고 살아왔건만
아직도 왜 그림을 그리며 살아가는지 알 수가 없다.

正見, 1168×910, Canvas, Acrylic, 1995.

나 는
영혼을 팔아
그 림 을 그 린 다

근년엔 너무 많은 술을 마셨다. 요즘은 그 탓인지 소화가 잘되질 않고 속이 뻑뻑하다.

후배인 시인 김홍성은 '밥은 육신을 위해서 먹고 술은 영혼의 교감을 위해서 마신다'고 했는데 난 영혼의 교감보다는 아무래도 이런저런 쓸데없는 사람들과 쓸데없는 분위기에 휘말려 쓸데없이 육신을 위해서 마시는 것 같다.

언제쯤이면 영혼의 교감을 위해서 술을 마시게 될까.

얼마 전 화실 입구에 이렇게 써놓았다.

'증오심을 기르자.'

며칠 후 잘 아는 여인이 친구들과 화실에 우연히 들러서 이것저것 둘러보더니 혼자서 뭔가를 한참 생각하고는 크게 결심한 눈빛으로 이렇게 물어왔다.

"선생님. 저기 들어오는 문 앞에 보니까 증오심을 기르자고 했는데, 왜 하필 증오심을 기르자고 했어요? 선생님 그림도 좋고 선생님도 좋은데, 서로 사랑하고 아끼자고 써놓아야죠."

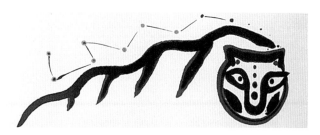

지리산 북두칠성 호랑이, 340×1120, Korea paper, India ink, 2002.

　증오하자는 것이, 정말 증오하자는 말이 아닌데······.
우리는 일상에서 사랑이라는 말을 '산불조심'이라고 쓴 표
어만큼 흔하게 쓰지 않는가. 그것은 반어적 표현이었다.
　증오는 사랑보다 더 강하다는 표현인 것을!

　친구 박권수 화백의 화실에서 두상만 조각해 놓은 석고
상(테라코타) 하나를 내 판화 한 점과 바꾸어 작업실에 가지
고 왔다. 그리고 두상 전체에 금분을 발라 스피커 위에 올
려놓고는 찬찬히 바라보는데 왜 그렇게도 좋은지 모르겠
다. 그 머리통에 북두칠성을 그려 놓고 보니까 내게 뭔가
를 강력하게 외치고 있는 것 같기도 했다.

나 는
영혼을 팔아
그 림 을 그 린 다

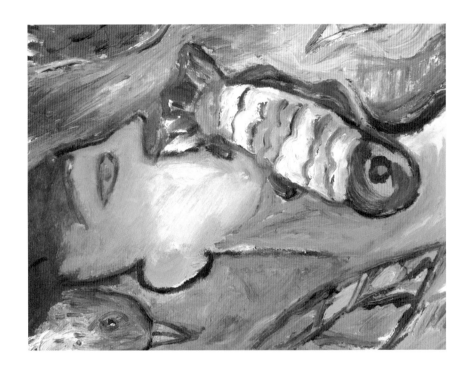

영화 「율리시즈의 시선(To Vlemma Tou Odyssea)」 테마 곡이 스피커를 통하여 한없이 음표를 날리고 있다. 누군가 음악은 영혼과 직결되어 있고 신(神)에게 가장 가까이 갈 수 있는 것이라고 했다.

바이올린 음률은 내 육신과 영혼을 누에고치처럼 한 점의 빈틈을 주질 않고 투명한 명주실 같은 선율로 감아올리고 있다. 문득 나는 그 안에서 미라가 되어 천 년의 비밀로 동결(凍結)되고 싶은 강한 충동을 느낀다.

허리의 통증이 심하다. 엊저녁에 잠을 잘 못 잤는지 어깻죽지에 메추리알만 한 담이 들어 고통스럽다. 더욱이 내 손이 닿질 않아 답답하다. 누군가 조금만 손을 대 주면 금방 풀릴 것만 같다.

얼마 전 포도주를 한 병 샀는데 5분의 1밖에 마시질 못했다. 「율리시즈의 시선」 테마 곡을 안주로 삼아 마셔야겠다. 영혼의 교감을 위해서도 그렇고.

강화도에서
보내는 편지

강화도 마니산 기슭 이름 없는 토방 찻집에서 조용하게 2000년 새로운 세기를 맞이하고 있다.

밤공기는 어제와 다름없이 싸늘하고, 검푸른 밤하늘엔 무수한 별들이 밤 벚꽃처럼 하얗게 무리 지어 마니산 능선에 쏟아지고 있다. 하늘의 별빛은 어찌나 맑고 투명한지 나는 어둠과 별을 벗 삼아 십여 분 동안을 걸어 바닷가 방파제 앞에 섰다.

별들의 반짝임만이 하늘과 바다의 경계를 알려줄 정도로 어둠 천지였다. 우두커니 바다 끝을 보고 있는 나는 내 멋에 취해 스스로 고독하고 낭만적이라는 생각이 들어 이런저런 몸짓으로 폼을 재보기도 했다. 혹시 나를 이상하게 보는 사람이 있지 않을까 하여 주위를 둘러보았지만, 싸늘한 바닷바람만이 얼굴을 스칠 뿐이었다. 헤르만 헤세는

조용한 연못, 727×909, Canvas, Acrylic, 1987.

자연과의 대화, 808×1168, Canvas, Acrylic, 1986.

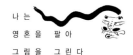

"인간은 고적하고 서로를 분간 못 하여 하나같이 외롭다"
고 했다.

이제 몇 시간만 있으면 2000년이다. 시시각각으로 다
가오는 2000년에 온갖 매스컴은 신세기를 맞이하는 보도
를 전하기에 여념이 없다. 그 열기에 찬 보도에 당장 내일
부터 나도 무언가가 크게 변하지 않을까 하는 기대감으로
잠시나마 철없는 환상에 젖어 보기도 했다. 그러나 곧 이
렇게 검은 바다 앞에서 찬란한 별빛을 받으며 서 있는 이
시간이 얼마나 아름다우며 소중한 시간인지를 깨달았다.
나는 자신이 현재 있는 곳이 가장 중요한 곳이라고 생각하
면서 담배 한 개비를 길게 빨아들였다.

그리고 발길을 돌려 다시 토방으로 향했다. 멀리 어스
름하게 보이는 산 아래에 자동차 헤드라이트 불빛이 반짝
빛났다가 꼬리를 지우며 어디론가 사라진다. 그것을 보니
문득 헤르만 헤세의 『지성과 사랑』(1997, 서문당)이란 책에
씌어 있는 시가 떠올랐다.

안개 속을 방황하니 야릇한 마음 깊어간다!
수풀도 돌도 모두 고적하고
한 그루 나무도 다른 나무를 분간 못하여
모두가 한결같이 외롭기만 하다.

나의 생명이 그래도 밝았을 적엔
날 위해 세상은 친구로 넘쳐났건만
지금 안개 덮인 이곳에는
벗의 얼굴 하나 볼 수 없구나.

정말이지 사뿐히 안아 주듯
만상을 나와 떼어 주는 어둠.
이 어둠을 알지 못하는 이
그이는 정녕 현명하지 못하다오.

안개 속을 방황하니 야릇한 마음 깊어간다!
인생은 고적하다.
사람들 서로 분간 못하여
모두가 한결같이 외롭기만 하다.

안개, 1121×1622, Canvas, Acrylic, 2014.

빙점

코끝을 스치는 싸늘한 찬 기운에 눈을 떴다. 탁상시계가 새벽 세 시 오십 분을 가리키고 있는 지금은 새벽 중에서도 신새벽. 엊저녁에 그대로 잠이 들었는지 형광등이 하얗게 화실을 밝히고 있다. 창밖은 캄캄한 어둠으로 가득 채워져 있으며 화실은 침묵과 고요만이 정지된 채 찬 기운에 난도질되어 있다. 나는 미라처럼 반듯하게 누워 담요와 육신의 틈 사이로 찬 공기가 들어올까 봐 발가락만 움직이면서 담요를 이리저리 당기기도 하고 돋우기도 하면서 어제의 일들을 더듬어 본다. 그리고 하얗게 밝혀진 화실에 멍하니 누워서 구석구석을 아무런 의미 없이 훑어보고 있다. 저쪽 가스난로를 보는 순간 어깨가 갑자기 더 움츠러든다. 불이 꺼졌는지 아니면 가스가 다 떨어졌는지 팽이채 같은 추위가 난로 위를 맴돌다가 쓱쓱 얼굴 위를 지나간다.

동양의 뜰, 803×1000, Canvas, Acrylic, 1998.

담요를 위로 끌어올리면서 목을 푹 움츠리고 어깨를 좁혀서 몸을 작게 움츠린다. 아까부터 그림을 쌓아놓은 구석쪽에서 환청인지 이상한 소리가 간헐적으로 들린다. 문득 「킹덤(The Kingdom)」이란 영화가 생각나고 영화 속 어린 아이의 울음소리가 떠오른다.

나 는
영혼을 팔아
그 림 을 그 린 다

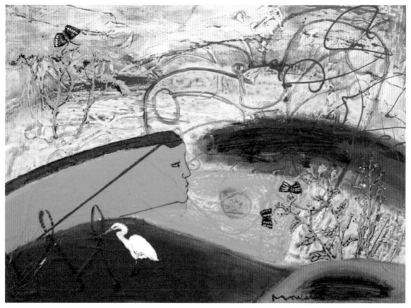

한들의 새벽, 727×909, Canvas, Acrylic, 2014.

새벽 시간은 모래시계의 모래처럼 어느새 비워졌는지 커튼 사이로 뿌옇게 하늘이 열린다. 먼동이 틀 시간으로 흘렀는가? 이제 서서히 고요에서 분주함으로, 정지에서 움직임이 시작되는 시간의 선두에 와 있는 것이다. 어둠으로 가득했던 밤의 세상에서는 내내 서리가 내리고 있었다. 화실 앞에 세워둔 차를 서리가 하얗게 도색을 해 놓았다. 차뿐만 아니라 아스팔트로 잘 포장된 시골 농로 위에도, 소를 키우는 우사 위에도, 벼를 다 베어 버리고 텅 비어 있는 들판에도 뿌옇게 회칠을 해 놓았다.

먼지가 하얗게 쌓여 벽에 걸려 있는 수은주는 영하 10도 5부에 멈추어 있다. 마치 응급환자의 동맥에 꽂혀 수혈이 정지된 비닐관 속 피처럼······.

문 앞에 걸어 놓은 거울엔 성에가 허옇게 끼어 있어 사람을 알아보지 못하고 있다. 거울을 바라보니 거울 옆에 걸린 내 자화상이 묘하게 일그러진다. 무슨 까닭인지, 문득 시인 이상(李箱)의 얼굴로 바뀐다. 이상의 얼굴이다. 그리고 거울이다. 이상의 거울이다.

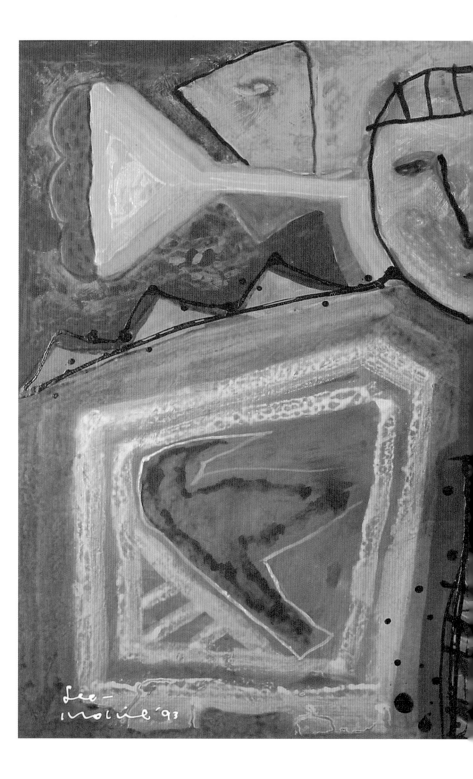

은빛 비늘이 가득한 아침, 702×909, Canvas, Acrylic, 1993.

나는
영혼을 팔아
그림을 그린다

「거울」

이상

거울속에는소리가없소
저렇게까지조용한세상은참없을것이오

거울속에도내게귀가있소
내말을못알아듣는딱한귀가두개나있소

거울속의나는왼손잡이오
내악수를받을줄모르는-악수를모르는왼손잡이오

거울때문에나는거울속의나를만져보지못하는구료마는
거울이아니었던들내가어찌기울속의나를만나보기만이라도했겠소

나는지금거울을안가졌소마는거울속에는늘거울속의내가있소
잘은모르지만외로된사업에골몰할께요

거울속의나는참나와는반대요마는
또꽤닮았소
나는거울속의나를근심하고진찰할수없으니퍽섭섭하오

　　이제 화실 밖 뜨락은 온전하게 빛의 누리가 되었고 해
맑은 햇살 한 줄기가 발밑에 스미어든다. 영하, 영하의 그
늘에서 아침 햇살을 받으며 짧게 사색하고 있다.

나는
영혼을 팔아
그림을 그린다

길

길,

인간이 살아가는 흔적이며 다시 되돌아갈 수 없는 것.

나는 길을 볼 때마다 인간들이 살아가는 삶의 길, 즉 한 사람 한 사람이 걸어온 과거이고, 흔적이며, 인간 역사처럼 보인다.

그 길을 잘못 들어온 사람과 순리대로 들어와 가는 사람은 길을 가는 과정에서 판이한 삶을 경험하리라고 생각한다. 또 그 험난한 경험을, 또는 반대로 행복한 경험을 우리는 운명이란 단어로 포장하며 포기하고 위로하면서 살아가는 것 아니겠는가.

한 번 들어선 길을 스스로 바꾸는 것은 참으로 어려운 일……. 만일 스스로 길을 바꾸었다면 그자는 분명 행복과 불행의 기로에 서 있을 것이다.

나는
영혼을 팔아
그 림 을 그 린 다

기다림, 242×348, Canvas, Acrylic, 1995.

어제저녁엔 소피아 로렌 주연의 「해바라기(Sunflower)」
란 영화를 보았다. 수십 년 전에 보고 이번에 우연히 다시
봤는데 많이 울었다. 특히 광활하게 펼쳐진 해바라기 숲이
나오는 장면은 정말 압권이었다!

소피아 로렌과 남편이 마지막으로 서로가 다른 길을 떠
나는, 말하자면 운명적으로 헤어지는 간이역의 플랫폼.
기차가 떠나는 것은 그녀가 사랑하고 그리워했던 남편
과 영원히 다른 길로 떠나는 것을 의미한다. 애타게 찾아
헤매었지만 결국 그녀를 기다리는 것은 허탈함에 목메어
볼을 적시는 회한의 눈물…….

연기!!
진·품·이·었·다.
내용도.

소피아의 마지막 연기는 나를 울게 하였고, 나를 울게
한 그녀의 거룩한 연기에 나의 볼을 타고 뜨겁게 흘러내린
눈물만큼 박수를 보낸다.

제 2 부

병상일기

나 는
영혼을 팔아
그 림을 그 린 다

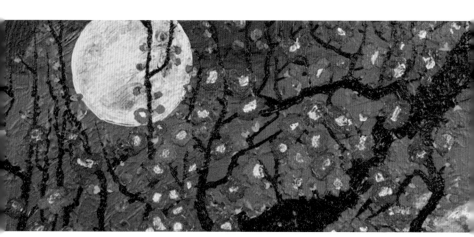

꽃비 1

벗꽃 만발한

봄날

나!

꽃비가 되어

지상을 적신다

꽃비 2

이른 아침에

회색 칠을 한 하늘에서

빗방울이 떨어진다

후두득 후두득

황사를 데리고

당신을 품고

어깨 위로

내리나니

꽃밭, 200×550, Figure washboard, Acrylic.

바람결에

꽃비를 내렸던

벚나무가

차가운 빗방울을

맞으며 으스스 떨고 있다

나는
영혼을 팔아
그림을 그린다

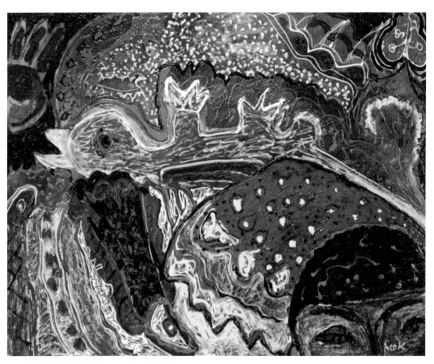

나의 꿈, 530×651, Canvas, Acrylic, 2011.

꿈

요즘 잠들기만 하면 꿈을 꾼다. 꿈이 몹시도 아름다워서 어떨 때는 일어나기가 싫다. 그 꿈속에서만큼은 내가 온전한 몸으로 자유롭기 때문이다.

내 삶이 예전과 완전히 바뀐 것은 사실이다. 그러나 지금 삶에 아쉬울 것도 없고, 새로울 것도 없다. 예나 지금이나 계절은 바뀌고, 바람도 불고, 비도 오고, 꽃도 피고 지고, 내가 쓰러졌다고 해서 세상이 바뀌고 변한 것은 아무것도 없다.

오로지 내가 변하고 바뀐 것이다.

장자는 꿈속에서 꿈을 점친다고 했다. 우리 인생은 꿈의 연속이다. 그래서 크게 기뻐할 일도 크게 슬퍼할 일도 없다.

夢飮酒者, 旦而哭泣이요

夢哭泣者, 旦而田獵이로다.

方其夢也에 不知其夢也하고

夢之中에 又占其夢焉이다가

覺而後에 知其夢也라.

且有大覺而後에 知此其大夢也니라.

꿈속에서 술을 마시던 자가 아침에 슬피 울고
꿈속에서 울던 자가 아침에 사냥을 떠난다네.
꿈을 꿀 때는 그것이 꿈인 줄 모르고
꿈속에서 또한 그 꿈을 점치다가
깨어난 뒤에야 그것이 꿈인 줄 알지.
크게 깨친 뒤에야 그것이 큰 꿈이었음을 아는 법일세.

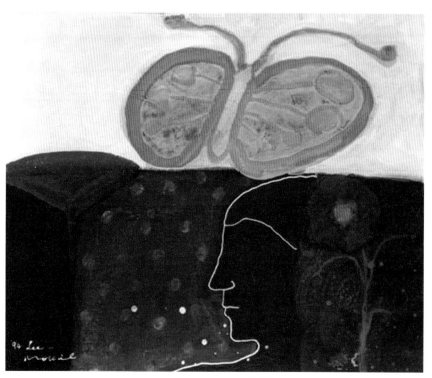

나비의 꿈, 727×909, Canvas, Acrylic, 1986.

나는
영혼을 팔아
그림을 그린다

　　몸무게가 70kg으로 늘었다. 내 꿈은 65kg으로 줄이는 것인데 이렇게도 맛있고 즐거운 꿈을 꾸니 언제 몸무게를 줄일까. 그래서 일주일 전부터 꿈을 그리기 시작했고 비로소 오늘 아침 붓을 내렸다. 소품 20호짜리다.

　　이 그림 한 점을 그리기 위해 손과 발, 입술 등이 물감칠로 범벅이 되었다. 제목은 당연히 '꿈'이다. 그리기가 너무 꿈처럼 즐겁고 재미있어서 온몸이 물감칠로 범벅이 되더라도 또 그리기로 작정했다.

꿈, 919×1168, Canvas, Acrylic, 2013.

저승꽃

뿌리도 줄기도 없는 검은 꽃

벌도 나비도 오지 않는 향기 없는 꽃

꺾을 수도 옮겨 심을 수도 없는 꽃

노인의 몸과 얼굴에 피어나

체액을 먹고 사는 꽃

잎이 지지 않는 꽃

어느 날 자생했다가

육신과 함께 소멸하는 꽃

인간 누구에게나 철도 없이 피어나는 꽃이요

일생 단 한 번 피어났다가

때가 되면 인간과 같이 사라지는 꽃

인간의 몸에 핀 마지막 검은 꽃

살아 있음에 피어나는 저승꽃

망월

요즘 내 그림의 테마가 약간 바뀌었다. 그것은 화폭에 오리가 자주 등장한다는 것이다.

일산에서 강화도로 화실을 옮겨가기 전에 3년 동안 시골 비닐하우스에서 그림을 그린 적이 있다. 일산 변두리의 고즈넉한 노루뫼라고 하는 곳인데, 약 백 평이나 되는 비닐하우스에서 3년 동안 신 나게 그림을 그렸다. 그리고 그 땅이 팔리는 바람에 강화도 하점면에 있는 폐교의 교실 두 칸을 빌려서 이사했다.

강화도는 황량한 불모의 유배지.
아무런 연고가 없는 강화도 생활이 시작되었다.

처음 화실을 옮기고 낯선 강화도에 대한 호기심으로 그림을 그리다가 쉴 때는 운동장에 세워둔 차를 몰고 가까운 곳부터 길을 따라 더듬어 나가기 시작하였다.

낚시를 좋아하여 그림이 잘 그려지지 않을 때는 낚시를
하러 떠났다. 석모도의 어류(池), 내가저수지(池), 그리고
교동도의 고구(池), 그 외 혈관처럼 뻗쳐 있는 수로들과 크
고 작은 저수지, 웅덩이, 늪지대를 찾아 나섰다.

낚시를 가는 것은 새로운 길과 마을, 유적지를 접하는
일석삼조의 보석 같은 여행길이었다. 이렇게 낚시 여행을
다니고 강화도를 만끽하며 그림에 온 정열을 쏟았다.

나 는

영혼을 팔아

그 림 을 그 린 다

달빛 등대, 530×727, Canvas, Acrylic, 2012.

　　강화도의 먹거리도 그냥 지나치지 않았다. 강화도 입구에서 조금만 중심으로 들어오면 강화 재래시장이 있다. 그곳은 강화에만 있는 먹거리들을 눈과 입으로 맛볼 수 있는 최고의 시장이다.

　　특히 내가 좋아하는 숭어회와 밴댕이회 그리고 속 노란 고구마와 순무, 게장 등이 즐비한 늘 즐거운 재래시장이다. 가끔 지인들이 찾아오면 "벗이 먼 곳에서 찾아오면 또한 즐겁지 아니한가(朋友自願訪來不易樂乎)."라고 말하며 앞장서기도 했다.

　　이른 봄부터 다음 봄까지 일 년 내내 하점면 앞 들판은 철새들의 놀이터가 되어 장관을 이룬다. 그곳의 지명은 망월(望月), 지극히 시적인 이름을 가진 곳이다.

　　이름 그대로 보름달이 떠오르면 온 누리가 달빛에 젖어 대낮처럼 환하게 밝아진다. 또 먹이를 찾아 배회하는 노루나 고라니 떼를 보면 마치 아프리카 사바나의 풍경을 보는 것 같아 경이롭다. 그런 야경의 아름다움을 어떻게 필설로 표현하랴.

나는
영혼을 팔아
그림을 그린다

　한밤중 월광을 받으며 논밭에 내려앉는 오리 떼의 모습은 환상적인 애니메이션의 한 장면을 보는 듯 착각을 일으키기도 한다.

　내 화폭에 등장하는 오리들은 망월에서 보아온 수천수만 마리의 오리 떼다. 내 뇌리 속에 내려앉아 잠수했다가 붓끝을 통해 다시 눈을 뜨고 원색의 날갯짓을 하며 화폭 안으로 하나둘씩 날아 오르내리는 것이다.

　아, 아름다운 망월!

　낚시를 하다가 하늘을 보면 짝을 지어 날아가는 오리 떼를 수없이 보는데, 가끔은 한 마리씩 외롭게 날아가는 오리도 보인다.

　어찌하여 푸르디푸른 에메랄드빛 강화 하늘을 고독하게 혼자서 나는 것인가?

달빛 나들이, 200×550, Painting washboard, 2011.

강화도!

잊을 수 없는 추억의 땅이자 인고와 고독의 땅이 어서 다시 오라고 손짓을 한다.

김은혜 할머니

국립재활원에 있을 때였다. 휴게실에서 스트레칭을 하고 있는데 은혜 할머니 주위에 사람들이 모여 훌쩍거리고 있었다. 무슨 일인가 하고 옆으로 가보니 모두가 은혜 할머니의 형제들이었다.

그 할머니는 매주 토요일이면 자식들이 면회를 와서 속으로 참 다복한 집안이구나 했는데, 이번에는 형제들이 우르르 몰려왔다.

가족 중 할머니 한 분이 은혜 할머니 손을 잡고 우신다.

"은혜야, 그렇게 열심히 성당에 다니면서 하나님을 진심으로 섬기고 누구 못지않게 봉사를 많이 하고 좋은 일도 많이 했는데, 흑흑……."

그렇게 이야기를 하는 형제 한 분은 마치 본인은 병 없이 건강하게 살다가 돌아가실 것처럼 말을 한다.

나 는
영 혼 을   팔 아
그 림 을   그 린 다

"어쩌다가 이렇게 말도 못하고 걷지도 못하냐, 흑
흑……."

움직이지 않는 손을 잡고 연신 눈물을 흘리면서 독백을
한다. 주위 몇 분도 눈물을 뚝뚝 흘리면서 건강하게 살다
가 죽어야 한다고 손을 계속 쓰다듬는데 난 속으로 이렇게
말하였다.

'누구는 병들고 싶어 병이 드는가?
또 누가 사고가 나고 싶어서 사고가 나는가?
답답도 해라.'

생로병사에 사고까지 겹치니 인생이란 한 치 앞을 알
수 없는 것이 아닌가 하고 그 할머니의 형제들에게 실소를
머금었다.

생로병사 앞에서 인간은 누구나 다 평등하다. 하나님이
우릴 그렇게 만들어 놓으셨고 그 누구도 하나님의 지문을
지울 수가 없다. 그리고 나는 이렇게 살아 있게 해주셔서
감사하다는 기도를 하나님께 드리며 내 방으로 돌아왔다.

소피아 로렌을
닮은 여자

수지 하워드 병원에 입원해 있을 때였다.

그녀를 본 지는 며칠쯤 되었지만, 같이 이야기할 기회
가 없어서 그저 스쳐 지나가곤 했다.

휠체어를 타고 다니는 걸 보니 분명히 걷지를 못하고
왼쪽 두상의 수술 자국을 봤을 때 왼쪽 마비일 거라 짐작
은 하는데, 얼굴이 꽤나 미인형이다.

어제는 나란히 앉아서 Fex 치료를 받게 되어 넌지시 물
어보았다. Fex라는 전기 치료는 패드(작은 파스 같은 것)를
근육에 붙이고 적당한 전기를 통과시켜서 근육이 움직이
게 하는 물리치료다.

벽을 등 뒤에 두고 옆으로 나란히 앉아서 치료를 받다
가 슬쩍 옆을 보니 옆모습이 천상 소피아 로렌을 닮았다.
어쨌든 그녀는 족히 한국판 소피아 로렌이다.

접시꽃 사랑

나는
영혼을 팔아
그 림 을   그 린 다

두상을 보니 수술을 하기 위해서 삭발을 하였는데 머리
카락이 2~3cm 정도 자랐고, 머리카락 밑으로 반달 모양
의 수술 자국이 선명하게 보이며 약간 움푹 패여 있었다.
목에도 구멍을 뚫었는지 상처 아문 자리가 선명하다. 아마
도 저 정도면 식사도 튜브를 코에 넣어서 죽을 먹었을 터.
그러고 보면 나는 그녀에 비해 증상이 가벼운 편이다. 혼
자 걸어 다니고 목욕탕에 가서 목욕도 하면서 이곳저곳 돌
아다닐 수 있으니 얼마나 행복한가.

그런데 그녀에게 보이는 수술 자국은 대부분 뇌출혈이
다. 40대 중후반쯤 되어 보이는 그녀는 오른쪽 수족이 마
비된 상태고 언어 능력을 잃어버려서 받침 없는 발음만 조
금씩 한다.

예를 들면 '오늘 날씨가 춥다'를 '오느 나씨가 추다'로
발음하니 어지간한 추리력이 아니고는 알아들을 수가 없
고 자신도 부끄러운지 말을 숨긴다.

여자들은 자신의 모습이 창피하다고 하여 여느 남자 환
자들처럼 여기저기 돌아다니질 않고 침대에만 있다 보니
회복이 매우 늦다. 병에 무슨 창피함이 있겠는가.

명상, 455×530, Canvas, Oil painting, 2014.

재활병원에는 수많은 환자가 있지만, 그들에게 접근하기는 상당히 힘들다. 잘못 넘겨짚으면 낭패를 볼 수 있기 때문이다. 일주일 정도 서로 얼굴을 익히고 서서히 접근하여 이런저런 걸 묻다 보면 친구도 되고 동생도 되고 선배도 되면서 동병상련의 길을 걷게 되는 것이다. 그래서 보통 일주일이나 이 주일 정도는 돼야 서로 말을 틀 수 있다.

그녀의 이름은 김미녀다.

이름을 지을 때 부모님이 미모를 예측하고 지었나 보다. 미녀, 아무리 훑어 봐도 두상이나 콧날, 쌍꺼풀 그리고 입과 계란형의 서구적 얼굴은 영락없는 소피아 로렌이다.

나 는
영혼을 팔아
그 림 을   그 린 다

미인상, 601×1510, Canvas, Acrylic, 2013.

그녀는 저녁을 먹고 TV를 보다가 갑자기 쓰러졌고 119를 불러서 즉시 수술을 했다고 한다. 그런데 보호자는 응급실에서 많은 시간을 허비했다고 흥분하면서 응급실이 많이 개선되어야 할 곳이라고 말한다.

그녀를 바라보며 나는 속으로 '미녀 씨, 어서 빨리 고통의 수렁에서 벗어나길 바랍니다.'라고 인사했다.

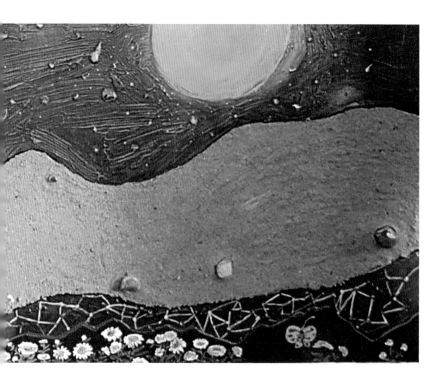

　나 역시도 발병 당시 병원으로 달려갔지만 의사는 괜찮
다며 집으로 돌려보냈다. 마비가 온 후로 그 의사를 몹시
원망했지만 아무 소용없는 일이다.

　환자는 의사를 잘 만나야 한다. 의사를 잘 만나는 것도
다 행운이며 복이다. 자나 깨나 사람은 사람을 잘 만나야
하는데 그런 지침서가 없으니 시행착오를 겪고 나서야 만
남에 대한 섭리를 깨닫는 것이다.

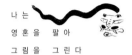

긴 병에
효자 없다더니

부산 해운대에 있는 하워드센텀 병원에서 입원 중일 때였다. 환자 한 명이 내 뒤를 이어서 내가 있는 입원실로 들어왔다. 언뜻 보아도 중환자다. 휠체어에 육신을 담고서 목을 앞으로 축 늘어뜨리고 병실로 들어오는데 뒤따라 들어오는 살림살이가 엄청나게 많았다. 마치 이삿짐을 옮기는 것 같아 깜짝 놀랐다. 전부 간병에 필요한 세간살이다.

환자와 함께 들어온 간병인은 삼십 대 청년 두 명이다. 조심스럽게 인사를 하며 들어오는데 환자의 아들이라고 했다. 환자는 오십 대 후반의 목사였고. 5년 전, 어느 날 아침 뇌출혈이 발병한 것이다.

목사님은 그날도 평소처럼 아침에 일어나서 기도하고 가족과 같이 찬송가를 부르다가 머리가 아프다며 바로 쓰러졌다 한다.

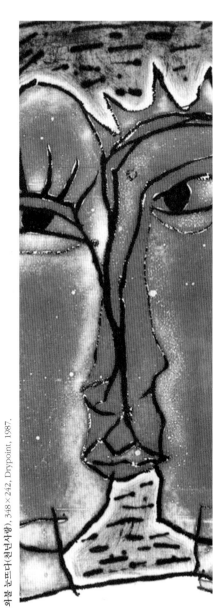

위를 눈브다(청년사랑), 348×242, Drypoint, 1987.

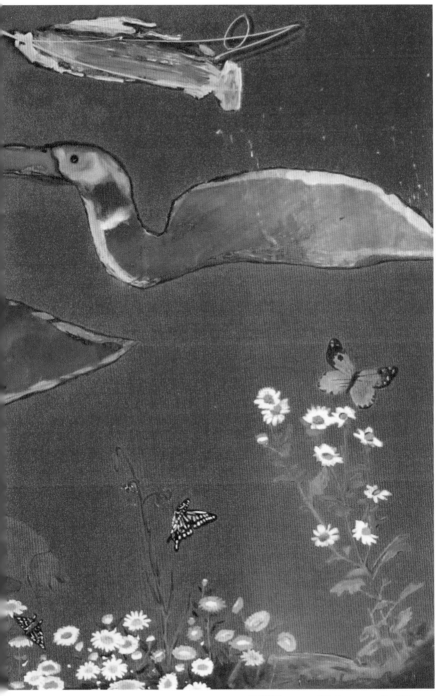

생명의 강, 1121×1622, Canvas, Acrylic, 2013.

    가족들은 환자를 바로 병원으로 옮거서 수술실로 향했고 수술도 성공적으로 끝났으나 일어나질 못했다.

    장장 8개월을 전신마비 상태로 중환자실 신세를 지다가 퇴원했는데, 그때부터 언어 능력을 잃어버리고 기억력마저도 상실되어 그야말로 식물인간으로 숨만 쉬는 상태가 되었다고 한다. 그러나 가족들은 어떻게든 아버지를 살리기 위해 여기저기 재활병원을 전전하며 치료를 게을리하지 않았다고 한다.

    두 아들의 간병은 첫날부터 눈에 확 띄었다. 짐을 대충 챙겨 놓고 둘째 아들이 외출을 한다. 어디 가느냐고 물었더니 아버지 밥을 가지러 간다고 했다. 아니 밥은 병원에서 나오는데…….

겨울 학의 구애, 606×727, Canvas, Oil painting, 2013.

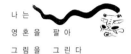

나는
영혼을 팔아
그 림 을   그 린 다

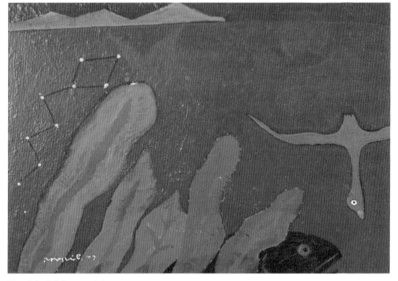

물고기와 기러기, 505×606, Canvas, Acrylic, 2007.

나갔던 아들은 저녁때쯤 가방에 뭔가 가득 넣어서 돌아왔고 전자레인지에 음식을 데웠다. 첫째 아들은 아버지를 침대에 반듯이 앉히고 기도를 하며 성경책을 읽어드린다. 긴 기도를 하며 아버지의 완쾌를 비는 모습이 매우 경건했다.

두 아들의 효심 어린 간병은 병원 안에 삽시간에 소문
이 났지만, 그들은 개의치 않고 열심히 자식의 도리를 다
했다.

집에서 아버지 밥을 해온 동생이 아버지 앞에 앉아 밥
을 떠먹이는데, 아버지가 제대로 씹지를 못하니 채소와 현
미로 죽을 쑤어 온다고 한다. 이런 번잡한 일을 5년 동안
하루도 거르지 않고서 하고 있다니 그저 놀라울 뿐이다.

저녁이면 매일 목욕을 시킨 후 잠들게 하고 아들 한 명
은 아버지 옆에 앉아서 아버지 몸이 경직되지 않게 밤새도
록 전신을 주무르며 마사지를 한다. 이 일 역시 하루도 빠
지지 않는 일과며 생존 의식이다.

나는 우연히 밤늦게 화장실에 가다가 그 광경을 목격했
다. 12시가 훨씬 넘었는데도 잠을 자지 않고 성경책을 낭
독하며 아버지의 육신을 만지고 있질 않은가. 아침 운동
치료를 하러 가기 전 자투리 시간에는 아버지 앞에 정좌하
여 기도하며 성경을 읽어드린다.

나는
영혼을 팔아
그림을 그린다

　아버지를 살리겠다는 의지와 집념에 모두들 어쩜 저럴 수가 있느냐며 아들을 칭찬하고 두 아들의 지극한 정성과 효심에 혀를 내두른다. 그렇다고 아들의 얼굴에 귀찮아하거나 싫어하는 기색은 조금도 보이지 않았다.

　두 형제는 항상 웃음을 잃지 않고 미소 지으며 날씨에 대한 이야기부터 여러 가지 이야기들을 아버지의 귓가에 소곤거린다.

　아! 긴 병에 효자 없다는 옛말이 그들 앞에서 무색해진다. 아버지에 대한 간병이 어쩌나 지극 정성인지 병원 내 모든 간병인들의 표상이 되어버렸다.

　그런데 지성이면 감천이라고, 하나님께서 이제야 아들들의 효를 받아들였는지, 어느 날 목사님이 나를 쳐다보더니, 어눌하게 새해 복 많이 받으라고 말을 건넸다. 난 깜짝 놀랐다. 말까지 하다니……. 우리는 놀란 얼굴로 한참 동안 서로를 바라만 보았다.

불사조, 450×530, Canvas, Acrylic, 1987.

아들은 이 병원에 와서 받는 재활치료가 뭔가 영험하다
며 치료와 운동에 박차를 가했다. 내가 봐도 얼굴의 눈빛
이나 여러 가지가 하루하루가 다르게 좋아지고 있는 것이
느껴졌다. 두 아들의 정성이 하늘에 닿아 끊어진 길이 이
어지고, 말하고 걷게 되는 기적이 일어나기를 빈다.

그리고 혹시 나에게도 그런 일이 일어날지 누가 알랴.

나 는
영 혼 을 팔 아
그 림 을 그 린 다

모두가 명의 名醫

쓰러지고 나서 보니 왜 그렇게도 용한 약들과 민간요법이 많은지 깜짝 놀랐다. 흔히 병은 하나인데 약은 만 가지라는 이야기도 있다. 인체의 조직이 한 몸에서 이루어졌기 때문인 것 같다. 다시 말하면 몸의 기관 모두가 유기적으로 연결되어 있고 통한다는 것이다.

요즘 갑자기 사람들이 효소에 열광하며 너도나도 효소 이야기를 한다. 마치 효소가 만병을 치유하는 약이며 건강식품으로 최고인 것처럼 우리의 뇌리에 자리 잡아간다.

저번 주까지만 하더라도 식당에서 음식을 만들며 지내던 식당 주인이 어느 날 갑자기 효소를 접하고 인간의 병을 다스리는 의사가 되어 버렸다.

붕어의 독백, 200×550, Figure washboard, 2011.

나는
영혼을 팔아
그 림 을   그 린 다

여자와 새, Korea paper, Acrylic, 2008.

　　효소를 설명하는 모임에 한두 번 갔다 온 후로 효소와
인간의 몸을 설명하는 명강사, 명의가 되어 버리는 사람들
을 보면서 갑자기 황당하고 어지럽다. 어떨 땐 전공 의사
의 이야기마저 돌아서서 부정해 버리는 일종의 광신도가
되어버리는 걸 보면 안쓰럽다.

신기하다.

수재들이 모인 의과대학에서 6년을 치열하게 임상 실험과 인체에 관해 공부하고 또 대학원에서 2, 3년을 더 연구하고도 부족한 것이 인간의 몸이다. 그런데 어찌하여 효소를 설명하는 집회에 한두 번 가서 들은 것으로 인간의 몸과 정신을 말할 수 있을까. 나는 고개를 저으면서도 궁금하기 이를 데 없어서, 집회에 함께 가자는 그 식당 주인 아줌마를 못 이기는 척 따라가 보았다.

우리는 경주의 어느 큰 컨벤션 건물로 들어갔다. 안으로 들어가니 수백 명쯤 되는 중년 남녀들이 삼삼오오 모여 이야기를 나누기도 하고 어수선하게 강의를 기다리고 있었다. 나는 그녀가 이끄는 자리에 앉았다.

얼마 후 강의가 시작되었다. 강사들은 인체 구조와 각 기관의 역할에 대해서 전문의사들보다 더 전문적인 용어를 써 가며 강의했다. 그리고 사람들은 여기저기서 준비해 간 노트에 전문용어와 그 용어의 기능을 부지런히 적고 있었다. 이곳에서는 명의가 따로 없고 강의를 하는 사람이 바로 명의다.

나는
영혼을 팔아
그림을 그린다

그 강사들은 이 사업을 하기 전에는 자신들도 평범한 회사원이었고, 주부였으며, 사업에 실패한 사람들이었다고 소개했다. 그러면서 누구나 열심히 주어진 프로그램을 잘 따르면 자기들처럼 된다고 했다. 그러니 결론적으로 당신도 하면 된다는 것이다.

이 사업을 시작해 막대한 부를 축적했다는 말로 강의는 막을 내린다. 강사는 각종 사례도 이야기하며 효소가 인체에 미치는 영향에 대해서도 거침없이 이야기했다. 그들의 말에 의하면 효소야말로 엄청난 식품이 아닐 수 없다. 그런데 효소는 과연 만병통치의 물질인가.

나는 효소가 어떤 것인지 검색해 보았다.

"효소(酵素, enzyme)란, 생명체 내 화학 반응의 촉매가 되는 여러 가지 미생물로부터 생기는 유기화합물이다.

동물, 식물 등 모든 생물의 세포 속에는 여러 종류의 효소가 있으며, 효소의 촉매 작용에 의해 생명이 유지된다. 즉 효소는 세포 안에 널리 분포되어 생체의 화학적 반응에 관여한다.

효용성으로 볼 때 효소는 무색투명하며 전자현미경으로나 볼

수 있는 미세한 물질로서 사각형, 오각형 또는 둥근 모양을 하고 있다. 효소는 혈액 속에 흐르거나 장기의 세포 속에서 각기 다른 일들을 하고 있다. 효소는 인간 생명의 모든 작용에 관여하기 때문에 우리는 효소 없이는 살아갈 수 없다. 효소는 생명의 탄생·성장·발육·유지·소멸에 이르는 전 과정에 관여하는 영양물질이다.

효소는 살아 있는 모든 동물과 식물에 함유되어 있다. 그러나 식물의 속성 재배 또는 농약 오염 등으로 효소가 부족한 식물이 많으며, 조리 과정에서 효소가 파괴된 식품을 섭취하게 된다. 가공식품, 인스턴트식품의 제조 시 사용한 식품첨가물의 반복된 섭취로 인해 체내에서 효소 능력을 저하시키며, 환경공해로 인한

나 는
영혼을 팔아
그 림 을 그 린 다

토우, 450×530, 2000.

각종 유독성 물질과 스트레스 등이 가중되어 효소의 기능이 저
하된다.

기능성에는 신진대사 기능, 건강 증진 및 유지, 연동 작용 및 배
변에 도움(식이섬유 다량 함유 시), 체질 개선 등이 있다(출처: 네이
버 지식백과,『파워푸드 슈퍼푸드』〔푸른행복, 2010〕)."

효소 이야기가 끝나자 회장이란 사람이 직급 수여라는
걸 설명한다. 다이아몬드니 골드니 하는 직급을 말하는데
뭐가 뭔지 알 수가 없는 직급들은 피라미드 형태의 판매
구조 속 보상인 것이다.

이런 직급은 피라미드의 가장 하위 계급 판매인들을 포
함한 모두에게 최고의 당근이었으며 황금빛 엘도라도였
다. 각 직급에 따라서 수당이 다르고 직급이 높을수록 또
열심히 판매할수록 수당이 많기에 이 부분이 중년의 아줌
마와 아저씨들을 현혹하는 블랙홀이었다.

또 직급을 받은 사람은 자기들이 발간하는 홍보 잡지에 소개되는 영광도 누릴 수 있어 모든 사람에게 은근히 선망의 대상이었다.

건강식품은 대부분이 다단계 판매다. 다단계는 모두가 같이 일하여 같이 분배하는 공평 논리인 것 같아서 기분이 나쁜 것만은 아니다.

몇 사람이 더 나와서 효소에 대한 인체 반응과 치유를 빔프로젝터를 통해 설명하고 또 판매 수익의 분배에 대한 구조적 루트도 곁들었다. 나는 비로소 아줌마의 의학 지식 습득 경로를 알게 되었다.

이 모임은 거의 한 달에 한 번씩 있는 모양이다. 효소를 섭취함으로써 발생하는 인체의 변화에 대한 그녀의 말을 들어보면 효소는 만병통치약이 아닐 수 없다. 이러면 안 된다, 저러면 안 된다 하는 설명은 가슴을 졸이게 하고 회의감을 느끼게 한다.

가정 의사가 수백 명씩 태어나는 산실인 컨벤션 센터와 건강식품, 그저 스쳐 지나가는 신드롬이 되길 바란다.

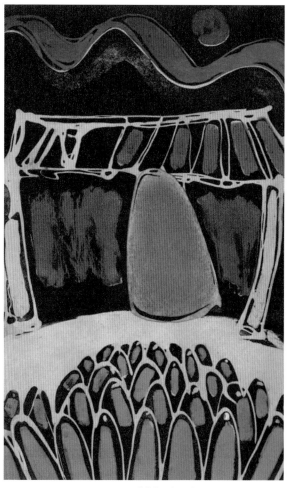

깨달음, 348×242, Canvas, Acrylic, 2005.

나는
영혼을 팔아
그림을 그린다

고통과 죽음

　흔히 '빨리 죽고 싶다', '어서 죽고 싶다'는 말을 주위에서 어렵지 않게 듣는다. 그러나 죽음은 고통을 동반한다는 것을 알아야 한다.
　고통! 고통은 누구와도 나눌 수가 없다.

　불가에선 이 세상을 고해라 했고, 이 속세를 고통의 덩어리라고 했다. 즉 세상에 태어나보니 세상은 온통 고통의 세계며 고해라는 것이다. 고통에는 즐거움이나 기쁨이 없다.

　인간이 태어나 겪는 네 가지 고통을 생·로·병·사로 나누어 규정했을 때, 세 번째가 병이다. 병에는 반드시 고통이 따르고 그 고통을 이기지 못하여 결국 사망에 이른다.

생명의 기쁨, 910×1168, Canvas, Acrylic, 2011.

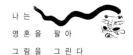

달맞이 호랑이, 340×1120, Korea paper, India ink, 2002.

고통이 얼마나 심하면 숨이 끊어지겠는가. 그래서 죽는 복도 복이라 했다. 소리 소문이나 고통 없이 맞이하는 죽음은 모두가 바라는 것 아닌가.

나는 매 순간을 죽음과 대면하고 있다.

내가 언제부터 이렇게 되었나 낙심하기도 하지만 인간에겐 누구나 이런 때가 소리 없이 조금씩 다가오고 있는 것이다.

병이 들면 식욕이 떨어지고 뭔가를 먹지 않으면 기력이 떨어져 인체의 가장 약한 부분부터 부식되어 가면서 이중 고통이 오기 마련. 결국 그 고통으로 쓰러지고 사망하는 것이 아니라고 말할 수 있겠는가.

장애인의 춤

해운대 넓은 백사장에 달빛이 가득하다.

이쪽에서 저쪽에서 그쪽에서
사람들이 고개를 숙이고 흐느적거리며
푸른 달빛 조명 아래로 모여든다.

어떤 이는 절름거리며
또 어떤 이는 왼팔을 늘어뜨리고
뒤뚱뒤뚱거리며 모여든다.

이쪽저쪽에서 장군님들이
환자복을 걸치고 온다.

구경꾼들도 모여들고
한 판 축제를 하려나 보다.

나는
영혼을 팔아
그림을 그린다

한들의 여름밤, 606×727, Canvas, Acrylic, 2013.

아니 저기는 누구야

휠체어에 앉아 발을 쭉 뻗고

양손을 휘저으며 온다.

옆으로 두 사람이 뒤에 한 사람이

호위를 하고 온다.

아, 왕이로구나.

왕!

왕도 축제에 참석하셨다.

왕을 의자가 아닌 침대에 눕힌다.

역시 왕이로소이다.

두 사람이 양팔을 잡고 뒤에 있던 사람이

겨드랑이로 팔을 넣어 껴안고서 눕혀드린다.

왕은 누워 팔을 이리저리 휘두르며

아무도 알아들을 수 없는 짐승 같은 소리를 지른다.

으허야야

아허흐엉

명령을 하나 보다.

나는
영혼을 팔아
그림을 그린다

흔들흔들 어깨 위로 달빛을 가득 짊어지고
춤을 춘다.

흔들 꺽!
절름 떡!
북소리도 징소리도 없는 적막 속에서…….

대왕님의 목소리는 점점 높아진다.
아, 뭔가 기분이 안 좋은가 보다.
옆에 있는 사람들이 다시 휠체어에 옮겨 싣는다.

달빛이 사라지고 모두가 자신의 그림자를 밟으며 다시
흔들 절뚝
절뚝 흔들
거리며
소리 없이 어둠 속으로 흩어진다.

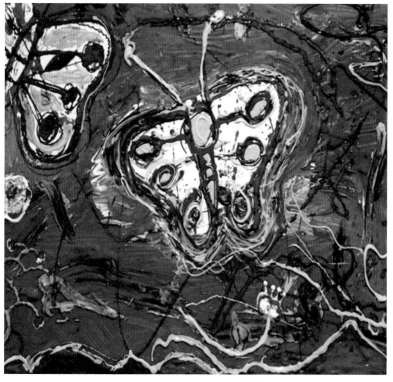

나비의 길, 727×909, Canvas, Acrylic, 2013.

나 는
영 혼 을 팔 아
그 림 을 그 린 다

봄 나들이, 242×334, Korea paper, 2013.

멀리서 짐승의 소리 같은 외침이
아무도 없는 빈 축제장에
간헐적으로 난무하고…….

그래!
흔들거리면 어떠랴.
절뚝거리면 어떠랴.

살아 있음이 아름다워
이렇게 우리만의 축제가 있고
하루하루 삶의 찬가를 부르며 모였다가
흩어지는 우리는 이름 없는 들꽃.

나는
영혼을 팔아
그 림 을 그 린 다

신神이 다니는 길

신경(神經).

동물체 내에서 몸 안팎의 각종 변화에 대처하여 신체 각 부분의 기능을 종합 통제하는 기관인 신경은 수많은 뉴런(신경세포)으로 구성되어 있다. 신경세포는 보통 세포의 본체와 거기서 뻗어 나온 수많은 섬유로 되어 있다 한다.

세포의 본체 속에는 핵, 미토콘드리아 등 일반 세포와 같은 세포 내용물이 들어 있고, 세포 본체에서 나와 있는 섬유에는 수상돌기(樹狀突起)라고 하는 짧은 섬유 여러 개와 축색돌기(軸索突起)라고 하는 가늘고 긴 섬유가 하나 있다. 이 축색돌기를 보통 신경섬유라고 한다. 사람을 비롯한 고등동물에서는 신경세포의 본체는 여러 개가 한 곳에 모여 있다. 이와 같은 신경세포 본체의 집합처를 중추(中樞) 또는 신경중추라고 한다. 척추동물의 뇌와 척수가 이에 해당한다.

이 중추에서 각 신경세포의 축색돌기가 뻗어 나와 몸의 여러 곳에 분포되어 체내외의 각종 변화를 중추에 전달하고, 또 중추로부터의 자극을 몸의 각 부분에 전달하고 있다. 중추에서 뻗어 나와 있는 이들 신경섬유를 말초신경(末梢神經)이라고 한다.

(출처: 네이버 지식백과, 『모발학 사전』〔광문각, 2003〕)

신경에 대해서 인터넷에서 찾아보니 이렇게 설명해 놓았다. 신경에 대해선 뭐 아는 게 없다. 또 말 그대로 신경 써본 일도 평소에 없었다.

신경과 정신은 일치하는 것이고 모든 걸 장악하며 행동하는 것이 머리, 즉 뇌라면 그걸 움직이게 하고 행동 또는 통제하는 게 신경조직이고, 그 명령에 따라 근육이 움직이는 것이 아닐까, 하며 나름 추리해 보았다.

神經!
神이 다니는 길!

우리 몸속에는 수없이 많은 신들이 내재되어 살고 있다. 그런데 어느 날 몸속에 사는 신께서 신이 다니는 길을 버리시고 업무 태만에 들어갔다. 늘 24시간을 육신과 같이하며 그 길을 다니며 통제하다 갑자기 버리고 떠나버렸으니, 그 길에는 먼지와 잡초가 무성하여 폐허가 되어버렸다.

나 는
영 혼 을 팔 아
그 림 을 그 린 다

선(禪)으로 가는 길, 210×330, Canvas, Acrylic.

인간의 힘과 의지력과 정성 어린 기도로 신을 불러보지만, 한 번 떠난 신은 잘 돌아오질 않는다. 인간이 자기 몸이라고 아낄 줄을 모르고 함부로 사용하다가 신의 노여움을 산 것이다.

같이 있는 후배 환자가 휠체어를 타고 "형님, 우리 이모가 10년 만에 몸이 회복되어 지금은 활보하고 산에도 다니고 있어요."라며 희망의 웃음을 지어 보인다.

그의 이모도 50대에 경색이 왔는데 십 년이 지난 60대에 피나는 노력 끝에 몸이 회복되었다고 한다. 그 후배도 가족력인지 뇌경색이 와서 걷지를 못하여 휠체어 신세를 지고 있는데, 하체는 쇠약하고 상체만 살이 쪄서 가분수가 되었다. 그렇게 투둘투둘하게 살찐 얼굴에 희망의 빛을 가득히 담고 웃어 보이는 모습이 천진난만했다.

난 속으로, '아닐 텐데……, 10년이라면 몸이 굳어졌을 텐데 그 경직을 어떻게 풀었단 말인가?' 하며 속으로 고개를 흔들었지만, 가만히 생각해보니 그럴 수도 있겠다는 생각이 들었다.

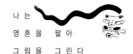

나이가 70, 80살이 된 환자들이 이미 수십 년 전에 떠난 신을 불러들이기 위해서 비틀어진 손과 발을 흔들며 물리 치료에 사력을 다하는 걸 보면서 오늘도 나는 땀을 흘린다.

시간, 무정한 것이 시간이로다. 무한한 것이 시간인 줄 알았는데 뒤돌아보니, 어느새 내가 먹고 숨 쉴 수 있는 시간은 한 움큼밖에 남아 있지 않았다.

아! 그 많던 시간은 다 어디로 갔단 말인가. 되돌아갈 수 없는 과거의 시간과 날들. 그 수많은 나날을 무엇으로 메웠단 말인가. 생각도 나지 않고 기억도 나지 않는다.

지금 이 시간에도 시간은 바람처럼 가랑이 사이로 겨드랑이 사이로 눈썹 위로 쉬지 않고 지나간다. 속절없이 흘러가는 시간이 너무 아깝다.

마의산에 그리움이 내릴 때, 242×480, Drypoint, 1988.

선(禪)으로 가는 길, 910×1163, Canvas, Oil painting, 2014.

나 는
영 혼 을 팔 아
그 림 을 그 린 다

봄의 찬가, 651×909, Canvas, Acrylic, 2012.

　살아 있으나 죽어 있으나 세월은 거침없이 흘러간다. 누구의 방해도 받지 않고 걸림도 없이…….

　시간은 누구에게나 똑같이 분배되어 있지만, 나 같은 사람은 흐르는 시간 속에서 그림이라도 한 점씩 한 점씩 건져내고 있으니 다행이 아닐 수 없다. 아무것도 하지 못하고 병상에만 누워 있는 이들이나, 육신이 멀쩡하면서도 하루를 허망하게 보내는 사람들과 비교한다면 하루하루가 내겐 얼마나 알찬 나날인가. 직업이 화가인지라 더더욱 보람이 있다.

　어차피 지나가는 시간 속에서 아무것도 하지 않고 허무하게 하루하루를 보내는 이들이 얼마인고. 그렇게 산다면 우리는 세월만 먹고 사는 식충이와 다를 게 뭐가 있는가.

나는
영혼을 팔아
그림을 그린다

시간은 우리의 얼굴과 육신을
소리 없이 스쳐 지나가고 있으니
아!
신이시여, 신경을 통하여 열려진 길로 어서 오소서.

며칠 전 봄비가 대지를 적시고 나뭇가지엔 푸른 기운이
감돌며 바야흐로 사랑이 질펀이는 봄이 도래하였건만, 봄
도 잠시 머물다 가버리고 바로 여름이 자리하는 세상이 되
어버렸다. 종달새가 울고 아지랑이 피어오르며 낭만이 수
북했던 봄은 이제 다시 만날 수가 없다.

꽃비가 내려 화려했던 꽃밭의 꽃잎이 어제 내린 비에
젖어 패자의 검처럼 처연하게 흩어져 지난날을 노래하고
있다.

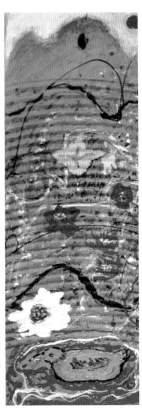

봄, 만물이 소생하는 봄이니

어서 오소서 신이시여.

어서 오소서 님이시여.

생명의 수액이 넘치는

6월의 찬란한 초록 길을 따라서…….

러닝머신과
바람

방 안에

비만으로 누워 있는

러닝머신이 곁눈질하며 웃고 있다.

어서 올라오라고

그리고 새벽의 욕정을

풀어 버리라고

사지를 뻗고 누워

미소를 짓고 있다.

후드득

지리산을 적시는

바람의 여인, Korea paper, Acrylic, 2003.

빗방울이 바람을 데리고 새벽부터 창문을 흔든다.

잠잠하던 가슴에 바람이 인다.

바람!

바람은

항상 경계의 대상이라 했거늘.

장애인으로 살아가기

전생에 죄를 지어 자고 일어나니 왼쪽의 신경이 끊겼다. 그래서 뛸 수도 없고 과일을 깎아 먹을 수도 없다. 사실 전생에 죄를 지어서가 아니라 음식물(육류)과 작은 병을 소홀히 한 것, 그리고 내 건강을 너무 과신한 탓이 크다. 어릴 때부터 건강한 체질이었고, 스무 살이 넘어서부터는 단 한 번도 병원에 간 적이 없다. 50대 후반에 당뇨가 와서 약을 먹긴 했지만(먹다 말다 했지만), 그 외에 병원에 간 일은 없다. 그러다 어느 날 갑자기 내 세상의 화면이 바뀌었다. 총천연색에서 너들너들한 흑백으로…….

걷지도 못하고, 발음도 잘 안 되고, 입도 돌아가고, 기억도 거의 사라져 버렸다. 그래서 '죽자. 죽어버리자. 이렇게 병신으로 사느니 죽어버리자.' 하고 아파트 난간을 기어올랐지만 용기가 없는 비겁한 놈이 되었다. 죽는 것도 일순 용기가 필요하더라……. 용기와 결단력이 없는 놈은 자살도 못 한다는 것을 깨달았다.

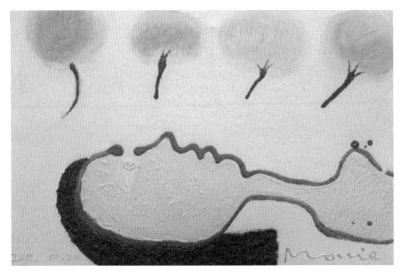

꿈꾸는 여인, 300×400, Canvas, Acrylic, 2009.

그렇게 병신이 되어서 민간요법도 써보고 국립 재활원 등 여러 병원을 정신없이 돌아다녔다. 그곳에서 나 같은 중풍 환자가 입원하여 손발을 벌벌 떨며 살겠다고, 회복하겠다고 재활치료를 하는 모습을 봤다. 그러면서 나도 모르게 그들이 내뿜는 삶의 열기 속으로 스며들어 갔고 재활하여 다시 회복하자는 불덩이 같은 욕망이 꿈틀거렸다.

나 는
영혼을 팔아
그 림 을 그 린 다

겨우 지팡이 하나에 몸을 의지한 채, 재활과 그림 그리는 생활을 병행하면서 죽음의 늪을 빠져나가자고 의지를 불태웠다. 그리고 시간이 지나 병원의 장애인들끼리도 정을 나누게 되어 '형, 동생, 누님, 오빠'라고 부르는 사이가 됐다. 그러면서 병실에는 방문객이나 가족이 가지고 온 과일이나 과자, 떡을 나누어 먹으며 서로를 위로하는 휴머니즘이 구름처럼 뭉게뭉게 피어올랐다.

오류동에서 온 여자 동생은 딸 하나를 낳고 뇌경색으로 쓰러졌다. 그것도 오른쪽을 못 쓰는 편마비다. 매주 주말이면 그녀의 남편이 딸을 데리고 문병을 온다.

나 같은 죄인은 죽어도 싸지만 저 엄마와 아이는 무슨 죄를 지었다고……. 너무나도 가슴이 아프다. 아이는 왜 엄마가 여기 있는지를 모른 채 같이 놀자고만 한다. 또 목사님 한 분은 잘 주무시고 일어나 아침에 하나님께 기도하시다가 쓰러지셨다. 급히 응급조치를 했지만 전신마비다.

목사님에게는 두 아들이 있다. 그들은 번갈아 가며 아버지를 간호하는데 하늘도 감탄할 정도다. 저렇게 간호한 지가 6년째라 하는데도 조금도 싫은 기색이나 지겨운 기색이 손톱만큼도 없다. 그래서 속으로 생각했다. '빌어먹을 하나님은 계시는 거야, 안 계시는 거야. 왜 목사님에게 기적을 보여주시지 않으시냐 이 말이야.'

또 다른 병실에는 아버지와 아들이 뇌졸중으로 쓰러져 같이 재활 치료를 한다. 별별 사연과 연령대의 남녀가 모여 서로를 위로하고 땀을 흘리면서 재활과 회복을 꿈꾼다. 정말로 치열한 의지력을 불태우는 재활치료실이다.

병원엔 나보다 한참 어리고 젊은 3, 40대의 사람들도 있다. 병원에는 한마디로 너와 내가 없고 남녀노소가 따로 없다. 모두가 어느 날 갑자기 쓰러진 거다. 갑자기…….

이처럼 사람 일은 내일 어떻게 될 줄 모르는데 아직도 흥청거리며 놀러만 다니는 인간들이 많다. 정신 차리고 어떻게든 병원을 애인 집 가듯 자주 가서 검사하고 약 먹으면서 병을 예방해야 할 거다. 예방이 최선의 방법이다.

쓰러져 버리면 대번에 할 일이 없어지고 온종일 집에서 또는 병원에서 지내는 신세가 되어 소외·열외의 인간이 되어 버린다. 그리고 가족과 친지는 고사하고 어느 누구도 오지 않는 비정한 세상을 맛본다. 그래도 희망을 잡고 살아야 한다. 희망을 놓으면 그때야말로 끝이고 죽음이다.

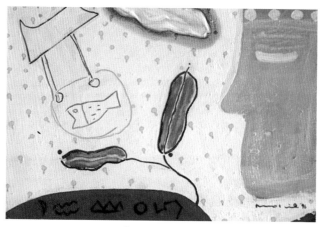

너는 누구인가, 334×455, Korea paper, Acrylic, 1986.

나는
영혼을 팔아
그림을 그린다

나는 그래도 운이 좋은 편이다. 그림을 그릴 수 있고 매년 개인전을 하며 사람들에게 나의 존재를 확인시켜 주니까……. 올해는 대전과 창원에서 개인전을 했는데 천운이 아닐 수 없다. 내년엔 뉴욕에서 '전설-지리산 달과 마야고 여신 시리즈'로 한번 개인전을 하자는 제안이 메일로 들어왔다. 내 홈페이지(www.leemokil.com)를 보고 연락한 모양이다.

한편, 그날 SNS에는 이런 글이 떴다.

**삶을 마구잡이로 살았던 화가가 있었다.

하늘이 내려준 재능이 있다고 믿었던 그는 마치 무한한 황금 뇌를 가진 주인공처럼 마구 황금을 꺼내어 시간과 더불어 물 쓰듯 헛되이 쓰더니……
어느 날 아무것도 없는 텅 빈 머리에 뇌경색이 왔다. 이후 생략.

지리산 달과 마야고 3, 909×651, Canvas, Oil painting, 2015.

나는
영혼을 팔아
그림을 그린다

고향의 전설, 727 × 1000, Canvas, Acrylic, 1988.

이런 비아냥과 명예훼손적인 오욕의 글이 SNS에 뜬 것을 보고 화가 머리를 꿰뚫고 지나갔다. 하지만 이 모든 게 내가 만든 잘못이고, 모든 것은 내 잘못에서 시작된 것이라고 생각하며 깊이 반성하고 있다.

나로 인해 생긴 일이거늘 모두 내 탓이 아니고 누구의 탓이란 말인가?

내 탓이오, 내 탓이오(mea culpa, mea culpa)
나의 큰 죄 탓이오(maxima culpa)

사실 난 쓰러진 후 죽음과 리비도와 창작의 경계를 오가며 살고 있다. 그리고 하루하루 깊은 고뇌와 방황으로 지난 삶을 후회하며 살고 있다. 이중적 사고와 철없이 지낸 과거사들을……

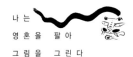

사실 인간은 이중적 인격의 소유자가 아니던가. 사람은 누구나 천의 얼굴을 가지고 있으며 가려고 하다가도 가지 않고, 먹으려다가 먹지 않고, 사랑을 고백하다가도 고백을 후회한다. 갑자기 이 생각 저 생각을 하기도 하고 생각이 찰나로 바뀌는 만물의 영장이다. 특히나 영감으로 작업을 하는 창작자는 수천수만 개의 얼굴과 의식을 한 몸에 공유하고 있다.

옛말에 '일失이면 일得', 즉 한 개를 잃으면 한 개를 얻는다는 말이 있다. 한 개를 얻었다고 즐거워하지 말고 한 개를 잃었다고 슬퍼하지 말라는 바윗덩어리 같은 말씀이 생각난다.

난 쓰러진 덕분에 정상인의 삶과 장애인의 삶, 두 세계의 삶을 살아가며 많은 경험과 인생 공부, 영적 체험도 하며 제2의 인생을 살고 있다. 삶에 실망하지 않고 늘 희망적인 미래를 꿈꾸며 긍정적인 생각과 힘으로 살아가고 있고, 앞으로도 그럴 것이다.

그리고 묘하게도 지난날의 삶에서 느낀 기쁨과 슬픔, 고통들이 캔버스에 폭포수처럼 쏟아져 내려오니 나에겐 얼마나 고마운지 모르겠다.

백두산 호랑이-백호와의 대화, Korea paper, Acrylic, 2014.

그래서 그동안 영혼을 집약시켜 그린 60여 점의 그림으로 경남 창원에 있는 성산아트홀에서 제28회 이목일 개인전을 연다.

누구나 긍정적으로 살아가자고 말은 쉽게 한다. 그러나 고통을 겪는 당사자들에게는 그 말이 쉽게 와 닿지 않는다. 그러나 나는 나에게 찾아온 시련을 통하여 많은 것을 깨달았다. 이런 것이 인생 아니겠는가.

어느 재벌 총수는 시련은 있어도 실패는 없다고 하였다. 또 쓴맛이 사는 맛이라고 채현국 선생님은 말씀하셨다. 시련, 쓴맛, 이런 말들은 모두가 긍정의 말들이고, 희망을 버리지 말라는 천금 같은 말이 아닌가.

나는
영혼을 팔아
그림을 그린다

모성애

모성!

무엇과도 비교하거나 바꿀 수 없는 말이다. 이것은 여자에게만 있는 인간에 대한 지극하고 거룩한 사랑이다.

24세의 한 젊은 남자가 입원을 했다. 고등학교 2학년 때 교통사고로 뇌수술을 하였고 전신이 마비되어 거의 식물인간이 되었다. 의식이 있는지 없는지는 모르나 엄마가 가끔 크게 꾸중하는 걸 보면 의식이 살아 있다는 증거다. 그는 휠체어로 움직이는데 간병은 어머니가 한다.

병과 사고는 나이와 귀천, 지위를 불구하고 수시로 닥쳐온다. 그 어머니는 오전 10시면 어김없이 아들을 데리고 운동 치료실로 오는데 단 한 번도 빠지지 않는다. 보통 결혼했을 경우에는 아내나 그 외 식구들이 간병하지만, 미혼인 사람은 대부분 아버지보다는 어머니가 맡아서 간병한다. 바로 모성애다. 나는 마누라도 자식도 가족도 없는 독신이기에 그들을 무한한 부러움의 눈빛으로 바라본다.

모성애, 455×530, Canvas, Oil painting, 2005.

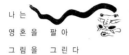

나 는
영혼을 팔아
그 림 을   그 린 다

나비와 여인, 803×1000, Canvas, Oil painting, 2014.

전신마비 환자들은 보통 침이나 가래 따위가 목(기도)에 걸려 심한 기침을 하며 침을 흘린다. 그뿐만 아니라 말이 통하지 않기 때문에 일반 환자보다 간병하기 몇 배가 힘들고 어렵다. 그래서 의사나 간병인은 환자에게 말 대신 눈을 깜박여 보라고 한다. 이를테면 배고프면 눈을 두 번 깜박여 보라고 하고 안 고프면 한 번만 깜박여 보라고 한다. 이렇게 눈으로만 대화하니 얼마나 힘이 들겠는가.

그런데 신기하고 경이롭게도 그 젊은이는 하루가 다르게 눈빛이 변해갔다. 우선 눈빛에 총기가 돌아왔다. 나는 너무 신기하여 그의 모습을 나도 모르게 관찰하게 되었다. 보통 뇌병변 환자들의 특징이 눈빛이 흐리고 말하기를 싫어해서 멍하게 있기 마련이다.

프랑스 영화 중「잠수종과 나비(The Diving Bell And The Butterfly)」라는 뇌경색 환자를 테마로 하여 만든 기가 막힌 영화가 있다. 프랑스 잡지『엘르(Elle)』의 편집장이 갑자기 출근 중 뇌졸중으로 쓰러진 뒤 병원에서 투병하는 내용으로, 국제 영화제에서 많은 상을 받았다.

잠수종이란 잠수부들이 입는 잠수복으로, 입고 바다에 들어가면 무척이나 갑갑하다고 한다. 나비는 자유롭게 날고 싶다는 것을 의미하는데, 제목이 상당히 상징적이다.

그 영화는 전신마비 환자들의 심경을 그대로 표현해 놓은 명화다. 눈을 깜박이는 것으로 환자와 대화한다.

여기서도 마찬가지다. 말을 못하니 말 대신에 눈을 깜박여서 의사소통을 한다. 어머니는 아들의 마음과 몸속에 홀연히 들어가서 혼연일체가 되어 간병을 하니 얼마나 지극정성이겠는가. 보는 사람으로 하여금 저럴 수도 있구나, 하는 감탄을 자아내게 한다. 이것이 모성이고 진정한 사랑이다. 어떻게든 살려보려는 부모의 애타는 심정과 정성이 어머니의 머리카락 한 올 한 올에도 영글어 있어 보석처럼 빛났다.

모성애는 지구보다도 무겁고 거룩하다. 역겨운 오물인 대소변도 유아기 자식의 대소변처럼 구수한 냄새가 난다며 고개를 돌리질 않는다. 바로 그것이 모성이다.

　모성애에 대해서 얽힌 이야기나 전설이 어디 한 두 가

지겠는가. 단적으로 '여자는 약하지만 어머니는 강하다'는

아포리즘이 있고 '아줌마의 힘'이라는 비유도 있다.

　나는 여기서 참 인간의 모습과 부모 자식 관계, 그리고

'궁극적인 인간은 무엇인가', '사랑은 무엇이고 어떤 것인

가'를 곰곰이 생각하게 되었다.

나는
영혼을 팔아
그림을 그린다

좀 자학적인 말로 들릴진 몰라도 내가 비록 왼쪽을 못 쓰고 절뚝거리며 걷는 등 수족이 자유롭지 못하지만 후회하진 않는다. 내가 만약 계속 건강하기만 했다면 어찌 이런 인간의 깊이와 넓이를 보고 느끼며 살아갈 수 있었겠는가? 내 지난날의 삶과 생각의 궤적을 성찰하고 고요한 가운데 나의 심연을 스스로 들여다본다.

불현듯 이런 우화가 생각난다.

한 사람이 사막을 혼자 투덜대며 걷고 있었다. 그런데 뒤에서 난데없이 사자 한 마리가 달려오기에 냅다 뛰어 도망을 가다가 마침 우물이 보여 무조건 우물로 들어갔다.

요행히도 우물 안에는 칡덩굴이 있었다. 덩굴을 타고 아래로 내려가다 보니 뱀이 우글거려서 올라가지도 내려가지도 못하고 중간에서 대롱거리고 있었다.

산에는 꽃이 피네 2, 3, 550×200, Figure washboard, Acrylic.

나 는
영 혼 을 팔 아
그 림 을 그 린 다

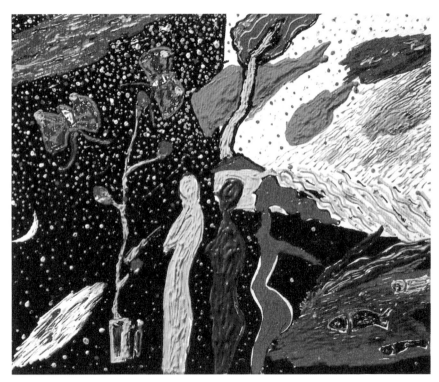

은하수, 410×540, Canvas, Acrylic.

뒤쫓아 온 사자가 우물 속을 들여다보며 포효하니 진퇴양난인데도, 위에서 한 방울씩 떨어지는 물방울과 꿀을 받아먹으며 연명했다. 그런데 가만히 위를 보니 검은 쥐와 흰 쥐가 번갈아 그 덩굴을 조금씩 갉아 먹고 있었다. 흰 쥐는 낮이요, 검은 쥐는 밤을 의미하며 세월의 흐름을 상징적으로 이야기하는 것이렸다.

이것은 인간의 삶을 비유하여 한 이야기라 한다. 가만히 음미해보니 그럴듯한 우화다. 어쨌거나 사람이 백 년을 살면 뭐하나. 건강하지 않다면…….

전신마비 청년과 그의 어머니를 바라보며 모성과 인간의 삶에 대해 오래도록 생각에 잠겼다.

어머니여, 낙심하지 말고 희망을 가지고 포기하지 마세요. 언젠가는 희망이 이루어지리니…….

이화梨花 가득한 날

아침부터 비가 내린다.

수지 하워드센텀 병원 앞 공원은 겨울비에 젖은 수목들이 봄을 기다리며 수액을 뿜어 올리고 있다. 작은 미립자가 마치 운무처럼 가득하여 몽환의 세계가 연출된다.

배꽃 만발한 봄날을 상상하면서 붓을 들어 보았다.

마음 따라가는 붓질…….

내 맘에도 언젠가 하얗게 이화 만발할 날을 기다리며 멀리 있는 여인의 심신도 배꽃으로 가득하시길. 그리고 여기 환우들의 가슴에도 순수의 색, 진실의 색, 천진난만한 색인 하얀 배꽃이 가슴마다 만발하길 소망하며 점을 찍듯 꽃을 그린다.

들꽃, 409×318, Korea paper, Acrylic, 2012.

배나무 한 그루에 흐드러지게 핀 꽃,

마치 점처럼 핀 이화!

하워드센텀 화실.

앞으로 화실 이름은 하워드센텀 화실이다.

신이시여, 감사합니다. 그림을 그리게 해주셔서.

나는
영혼을 팔아
그림을 그린다

불안, 그리고
첫 그림의 탄생

두어 평쯤 되는 화실에 개미 한 마리가 어디서 들어왔 는지 바지런히 창문 틈으로 기어 다닌다.

어디서 들어왔을까?

개미의 행동을 가만히 주시했다. 개미는 창밖으로 나가 기 위해 온 힘을 다하며 더듬이를 여기저기 더듬으며 불안 한 몸짓으로 앞으로 나아간다.

잠깐 캔버스에 그리다 만 그림을 손질하고 다시 개미 있는 곳을 보니 개미가 보이질 않는다.

없어졌다.

어디로 갔을까.

창문 아래 있는 푸른 공원을 향한 소망과 열망이 유리 창에 구멍이라도 낸 것일까?

아무리 찾아봐도 개미가 보이질 않는다.

갑자기 온몸이 어지럽다, 왜일까? 이런 어지러움은 처음이다.

바로 병원으로 달려갔다. 의사가 내 머리를 촬영한 엑스레이 필름을 보면서 한 첫마디는 "목일아, 괜찮다."였다. 이 말 한마디에 방심했고 며칠 후 나의 기나긴 치유의 여정이 열렸다. 서울대병원에서 경희의료원으로, 중국의 변방으로, 그리고 국립재활원을 거쳐 지금은 부산재활병원까지.

평생 그림만 그려온 나는 그림으로 회복의 실마리를 잡아 보고자 병원에 화실을 만들어달라고 요청해 그림을 그리기로 했다. 엊그제 병원에 화실을 오픈하고 물감과 붓 등의 도구를 구입하여 처음으로 그린 그림이 무척 마음에 들었다.

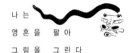

나 는
영 혼 을 팔 아
그 림 을   그 린 다

보통 그림을 그릴 때는 무엇을 어떻게 그릴까를 생각하여 밑그림을 그려나간다. 그런데 쓰러지고 나서 처음 시도한 그림은 바로바로 물감을 칠해도 내가 그리고 싶은 그림이 저절로 그려졌다. 아! 이것이 영감의 세계인가.

붓이 아닌 나무젓가락과 이쑤시개 같은 걸 붓 대용으로 써도 내가 그리고 싶은 대로 척척 그려지니 이것이 영적 감흥이 아니고 무엇이겠는가. 이전과는 전혀 다른 세계가 열린 것이다.

그런데 그림의 소재가 대부분 오리였고 오리 가족이었다. 아니면 꽃이나 자연의 원색이 난무하는 그림들이 그려졌다.

이후 왜 오리 그림이 화폭에 등장하는지를 점차 알게 되었다. 이것은 혼자서 병을 이겨 나가면서 느끼는, 환자만이 아는 근본적 불안과 가족에 대한 그리움의 징표였다. 그리고 이렇게 그려진 오리 그림은 사랑과 위안을 대신할 돌파구가 아닐지 생각했다.

그래 좋다. 오리든 기러기든 내가 늘 보아 왔던 강화도 망월의 들판에 비상하는 오리 떼를 그려보자. 빨래판이면 어떻고 캔버스면 어떠랴.

강화도! 망월 들판과 수로, 수천 마리 오리 떼의 비상과 착륙은 장관이다. 안착한 오리, 수로에서 가족끼리 노니는 오리들, 사랑을 나누는 오리들, 얼마나 각양각색인가.

다시 가보고 싶은 곳 망월수로와 그 논밭.

망월수로, 200×550, Figure washboard, 2011.

나 는
영 혼 을 팔 아
그 림 을 그 린 다

노 령 시 대

　　새벽부터 내 옆 병상 할배의 잔소리가 심해 잠을 깼다. 이유인즉 감기로 입원하면서 송아지 한 마리를 팔려고 골목에 매 놓았는데 "새벽에 송아지가 보고 싶어 안부를 볼라꼬 살짝 나가 볼라 카이 간호사가 춥다고 절대 몬 나가게 해서" 혼자서 투털거리다 병실로 올라왔다 한다. 간호사가 치매 초기라고 귀띔을 하고 사라진다. 하하— 농촌은 그렇게 송아지 한 마리도 자기 자식으로, 식구로 생각한다.

　　나도 감기에 딱 걸려서 바로 입원해 고생하고 있다. 사람들은 감기 조심하라, 조심하라 하는데, 그 감기 조심이 참 어렵다. 이곳 병실은 대부분 노인 환자인데, 감기, 독감, 해소 천식이 주된 병이다. 여기저기 앉아계시는 노인을 바라보면서, 가만히 생각해본다……

농부, 273×348, Acrylic on paper, 2008.

나는
영혼을 팔아
그 림 을 그 린 다

여름과 매미, 334×212, Drypoint, 1987.

노인은 과연 나이로는 몇 살부터일까? 노인 같으면서도 노인이 아닌 사람도 있고, 노인이지만 노인 같지 않게 퍽 정정한 분도 있다.

중국에선 '늙을 노(老)'가 존경의 의미로 쓰인다 한다. 시골이든 도시든 병원과 국가를 유지 발전시킨 것은 어찌 보면 다름 아닌 우리의 노인들이다. 그들은 지난날 가정과 사회, 국가를 유지 발전시켰다. 우린 그걸 잊고서 물질만 쫓고 있으니 당연히 무심할 수밖에…….

병원에 계시는 노인들은 존재 자체가 아름다운 훈장이다. 젊은 시절 전쟁이 일어났을 땐 불끈 솟은 근육의 힘으로 저 노약한 지팡이 대신 총칼을 쥐었고, 죽음의 질병이 찾아왔을 땐 연구실에서 동무를, 가족을, 사회를, 인류를, 고통에서 구하기 위해서 쉼 없는 연구를 거듭했다. 저기 침대에 비스듬히 누워 잠들어 계신 노인을 바라보며…… 마음속으로 수없이 되뇌어 본다.

고생하셨습니다. 수고하셨습니다.

나는
영혼을 팔아
그림을 그린다

지퍼를 올려주는 여자

내가 사는 아파트 입구에 풍년 마트라는 자그마한 슈퍼마켓이 있다. 이 아파트로 이주하고서 자연스레 마트를 들락거리다 보니 그녀를 알게 되었고, 첫눈에 멋진 여자라는 느낌을 받았다. 차분한 옷매무시와 여성적인 말투에도 교양이 스며 있어 호감이 갔고, 마주할 때마다 '참 괜찮은 사람이구나.' 하며 스치곤 했는데, 어느 날 내가 갑자기 쓰러졌다.

쓰러지고 나서 나는 이곳저곳 병원을 전전하며 재활치료를 하다가 고향 아파트로 돌아와 혼자서 재활운동을 하며 지내야 했다. 단 하루도 운동을 하지 않으면 못 견디는지라 이른 아침이면 주섬주섬 옷을 챙겨 입고 집을 나선다. 그런데 윗옷을 입을 때마다 왼 손가락이 마비된 탓에 언제나 윗옷 지퍼를 채우지 못하고 나간다.

　대충 옷을 입고(그냥 걸친다고 하는 게 맞다) 아파트 입구에 도착해 마트에 들어가면 얼굴 가득 미소를 띤 그녀가 청소를 하다 말고 "운동 가셔요?"하며 따스한 눈인사와 함께 점퍼 지퍼를 올려 준다.

　내가 뻣뻣한 채 서 있으므로 지퍼 한 번 올려 주는데 드는 시간은 거지반 1초 정도 걸린다.

　그 1초의 시간 속에서 속으로는 수백 마디를 한다.

　"감사하고 고맙습니다…….”

　두어 시간 후 돌아와 인사를 드리러 마트에 들어서면, 변함없이 환한 미소로 맞이하면서 매일 아침 대여섯 시에 나가는 나의 의지력에 찬사를 보내는, 내 오른팔보다 더 고마운, 지퍼를 올려주는 그녀에게 축복이 내리길 기도한다.

나는
영혼을 팔아
그 림 을 그 린 다

꿈꾸는 자만이
받을 수 있는 선물

金在鎬(김재호/시인)

　젊은 시절 남부러울 것 없이 자유분방한 삶을 누렸던
화가 이목일은 친구로서 막말하자면 까불다가 벌 받았다.
그러나 친구라고 그렇게 함부로 내뱉는 건 예의가 아니다.
그래서 다시 점잖게 이야기하자면, 신은 참으로 위대하다.
한 걸음 나아가면 죽음인 벼랑 앞에서 다리를 분지르고, 추
락할 비행기를 타지 않게 하려고 공항으로 가는 도로 위에
서 교통사고가 일어나게 하는, 신은 참으로 인간을 사랑하
신다.

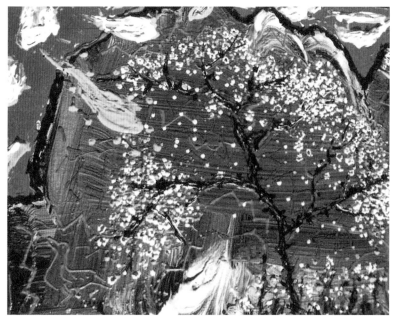

사월 벚꽃, 210×330, Canvas, Acrylic, 2012.

나 는
영 혼 을 팔 아
그 림 을 그 린 다

깨달음, 348×242, Canvas, Acrylic, 2005.

그렇다. 세상은 타락한 천사 루시퍼의 계획대로 점점 어두워지고 있다. 그러나 파리보다 못한 목숨을 지키기 위해 발버둥 치고 부러진 사지를 지탱하며 기어 다니는 험난한 역정 위에서도 눈 부신 빛을 바라보는 영혼들이 있다. 그들은 타성에 의해 침울하거나 굳은 표정을 짓기는 해도, 누군가에게서 희망의 눈빛을 발견하면 일순간 어린아이처럼 환한 표정을 지어 낸다. 그 표정은 매우 아름답고 더구나 한가로워 보이기도 한다.

어느 날 내게 '자살하려고 아파트에서 떨어지려 했지만, 한쪽 몸이 움직여지질 않아 그것도 마음대로 안 되더라. 하지만 지금은 감사한다. 왼쪽이 마비되었기에 오른손으로 그림을 그릴 수 있다는 게 너무나도 감사하다'고 고백하는 화가에게 내가 해줄 수 있는 말은 없었다.

그것으로 되었다. 그가 이미 내리막의 주기를 지나 오르막의 주기로 접어든 '깨달음'의 경계를 넘어섰다는 감동에 친구가 아닌 한 생명의 방관자로서 달디 단 소주 한 잔을 들이켜는 일밖에 내가 무엇을 어찌하랴.

나는
영혼을 팔아
그림을 그린다

　지금 이 자리에서 내가 화가 이목일에게 전하고 싶은
이야기는 부디 이 책의 출간이 생을 정리하는 작업이 아니
라 반생을 회고하는 멋진 터닝 포인트로서 그에게 또 하나
의 새로운 세상 구경을 시작하는 물수제비가 되었으면 한
다는 것이다. 그래야 나도 덕 좀 볼 것 아닌가.

　모두 느끼고 있을 터지만, 반신마비가 되기 전과 그 후
그의 작품은 시나브로 달라져 있다. 이전의 화풍이 굵고
거친 선을 중심으로 잠재된 욕망을 드러내는 것이었다면,
이후의 흐름은 한층 화려한 채색으로, 새로운 음률로 조율
되고 있다. 나야 물론 그림에 관한 한 문외한이지만, 적어
도 그림이 들려주는 흥거운 선율을 들을 수는 있다.

　이를테면 캔버스 위에서의 그의 음악은 어느덧 베토벤
(Beethoven)에서 드뷔시(Debussy)로, 카라얀(Karajan)에서
폴 모리아(Paul Mauriat)로, E.L.O.에서 세르게이 트로파노
프(Sergei Trofanov)로 연착륙하고 있는 셈이다. 하나의 갈
림길 위에 서 있던 그의 음악 세계는 마침내 오만에서 겸
허함으로, 아우성에서 속삭임으로 그 방향을 바꾸게 된 것
이다.

나는 그의 변신을 존중한다. 이제부터 살아가야 할 날이 비록 살아온 날의 길이보다 짧을지라도, 고난을 통해 한층 성숙해진 그의 음색이 세상을 향해 더 아름답게 흐느껴주기를 간절히 소망한다.

이, 목, 일— 나의 친구여.

밀월, 200×550, Figure washboard, 2011.

나는
영혼을 팔아
그림을 그린다

Epilogue

공허의 노래를 그린다

– 무세중(행위예술가)

공허 속에 피는 전설이 되었나
천진한 바보 그림 속에
원색의 욕망이 타오른다

경계가 없이 튀어나와서
진하게 요동치는
引月堂의 생명을 보아라
그는 쓰러져 가면서도 그림 춤을 춘다

그는
비틀거리면서 눈알을 부라린다

전생엔 가슴 다 빼앗겨서
이생엔
헛 가슴일지라도

꺼이꺼이 울부짖으면서
슬픈 아낙의 역사가 화석이 되어
흐르는
빨래판의 눈물을 울어 주면서

절룩이는 미친 몸으로
허공의 노래를 그린다

이 사람의 절규를 듣는가
이 사람아

Epilogue

긍정적 삶의 발견과
불굴의 생명력

– 정목일(수필가, 한국문인협회 부회장)

3월 14일, 이목일 화가에게서 그림과 편지가 문자로 날
아왔다. 휴대 전화를 들여다보면서 그의 최근작을 보았다.

"오늘은 새벽 4시 일어났습니다. 어머니가 갑자기 보
고 싶어서 빨래판에 그리움을 그렸는데…… 기러기 한 마
리가 한밤중 온몸에 달빛을 받으며 내려앉는 그림이 그려
졌습니다."

이목일은 지리산 기슭 함양 예술촌에서 창작활동에 심
혈을 기울이던 중 뇌경색이 일어나 현재 부산 해운대에 있
는 하워드센텀 병원에서 재활 치료를 받고 있다. 그에게

그림은 곧 존재의 의미이기에 병원에서 화실을 꾸며 창작
활동을 할 수 있게 해 주었다. 빈센트 반 고흐가 정신병원
에서 마련해 준 화실에서 「별이 빛나는 밤」을 비롯한 많은
작품을 생명혼으로 빚어놓은 것을 떠올리게 한다.

　「야간 비행」은 빨래판을 가로로 놓고 그린 작품이다.
푸른 하늘을 배경으로 머리와 목을 길게 빼고 날개를 펼쳐
날아가는 외기러기와 그 아래편으로 보이는 둥근 보름달
과 달맞이꽃 등 여러 꽃이 피어 있는 모습을 그렸다.

야간 비행, 200×550, Figure washboard, 2011.

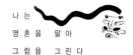

나 는
영 혼 을 팔 아
그 림 을 그 린 다

　기러기는 무리 지어 V자형으로 날아가는 새다. 외기러
기는 길을 잃었음을 암시한다. 보름달과 은하수와 별이 있
지만 혼자서 길을 잃고 날아야 함은 뇌경색으로 고통 속에
서 재활에 몸부림치는 자신의 모습과도 일맥상통한다. 또
빨래판에 그림을 그린 것은 모성(母性)에 대한 그리움을 등
불로 삼으려는 의도다.

　이목일은 2009년에 대구에서 빨래판 그림전을 연 적이
있다. 빨래판은 빨랫감을 치대고 밀어대기 위해 일정한 간
격으로 굴곡이 나 있다. 빨래판은 옛 어머니들이 옷가지와
이불을 세탁하는 상비물로서, 모성의 위대함과 재생의 힘
이 담긴 물건이다. 이목일은 병고(病苦)의 절망과 어려움을
떨치고 재활을 통한 새 삶의 비상을 캔버스 대신 빨래판으
로 대체하고 있다.

예수님 손, 200×550, Figure washboard, 2011.

「예수님 손」이란 작품도 빨래판에 그린 것이다. 길게 뻗은 손바닥에 박힌 못이 있고 선혈이 낭자하다. 팔목엔 철삿줄이 감겨 있다. 십자가에 못이 박힌 채 매달린 예수님의 손, 구원의 손이다. 하얀 바탕 속으로 인류를 향해 구원의 손길을 내밀고 있다. 이목일은 그림 밑에 "내 손이 움직이질 않는데 못 박힌 손이야 얼마나 아팠을까?"라고 써 놓았다.

이목일은 뇌경색으로 왼쪽 수족을 제대로 쓰지 못하여 재활에 집중하고 있었지만, 붓을 놓을 수가 없었다. 그에게는 그림을 그릴 수 있다는 희망 하나만이 생존할 수 있는 의미였다.

나 는
영혼을 팔아
그 림 을 그 린 다

새벽의 소리 I, 168×910, Canvas, Acrylic, 1992.

이목일은 길 잃은 외기러기가 되어 야간 비행을 시작했다. 빨래판 굴곡이 음향의 물결처럼 그리움의 숨결처럼 펼쳐진 공간으로 날개를 푸덕이고 있다.

보름달이 떠 있고 은하수와 별이 있다. 지상엔 꽃들이 피어 있다. 그는 절망에서 허우적거리지 않고 광명을 찾아 유토피아를 향해 날아가고 있다.

이목일은 '나무와 해'라는 그의 홈페이지를 통해 사람들과 소통한다. 근작(近作)도 올리고 근황을 지인들에게 알리며 소통하는 이 사이트를 통해 그의 최신작을 감상할 수 있다.

이목일의 근래 작품들은 하늘, 산, 호수를 배경으로 기러기, 오리를 커다랗게 그려 놓고 있다. 기러기와 오리는 한 번 날면 몇 날 며칠 동안 하늘을 횡단하여 목적지에 당도한다. 그곳은 새끼를 낳아 기르며 힘을 비축하여 비상을 준비하는 곳이다. 물은 생명의 어머니이며 하늘, 산, 호수는 자연을 상징한다.

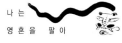

나 는
영혼을 팔아
그 림 을 그 린 다

영감에 의한 초월적 자연, 1121 × 1622, Canvas, 2007.

　이목일은 자연의 이치와 순환에서 오는 생명률(生命律)과 미학을 발견하여 깨달음의 꽃으로 피워놓고자 했다. 이번에 보여주는 작품들은 발병 이후 재활병원에서의 체험과 사색이 반영된 것으로, 지난 삶과 생각의 궤적을 성찰하고 앞으로의 길을 모색한 작품들이다.

　죽음의 고통 속에서 삶에 대한 의지와 발견의 꽃을 피워냈다. 그냥 화사하고 향기로운 꽃이 아니다. 죽음의 늪에서 소생한 삶의 의미를, 심신의 혼을 태워 밝힌 불빛이다. 생명에 대한 갈구와 찬가를 형상화한 것이다.

　이목일의 조형 언어는 죽음의 고통을 뚫고 얻어진 생명의 불꽃이지만, 가열성은 속으로 품고 바깥은 온화하고 평화롭게, 달관의 미소를 띠고 있다. 전신마비의 자녀를 지극정성으로 간병하는 어머니의 모습 등 재활병원에서의 체험에서 우러난 인생의 발견과 의미가 자연과 융합되어 거대한 생명의 물결로 출렁이게 하고, 비상의 날개를 달아준다. 생명력에서 용솟음치는 용기와 깨달음의 날갯짓이다.

　　이번 이목일의 작품에서 보인 성과는 개인의 독창력과 상상력에 의한 예술성에만 국한되지 않고, 자연과 인간, 신과 인간, 죽음과 생명에 대한 절절한 체험 공간을 거쳐 진정한 자아 발견과 세상을 밝히는 조형 미학을 피워낸 데 있다. 이목일의 작품에서 보이는 긍정적인 삶의 발견과 불굴의 생명력은 많은 사람에게 용기, 정열, 사랑, 휴식을 안겨줄 것으로 기대한다.

곰, 2006.

나는 영혼을 팔아 그림을 그린다

초판 1쇄 발행일 2015년 6월 30일

글·그림 이목일
펴낸이 박영희
책임편집 유태선
편집 배정옥
디자인 김미령·박희경
마케팅 임자연
인쇄·제본 에이피프린팅
펴낸곳 도서출판 어문학사
　　　　서울특별시 도봉구 쌍문동 523-21 나너울 카운티 1층
　　　　대표전화: 02-998-0094/편집부1: 02-998-2267, 편집부2: 02-998-2269
　　　　홈페이지: www.amhbook.com
　　　　트위터: @with_amhbook
　　　　페이스북: https://www.facebook.com/amhbook
　　　　블로그: 네이버 http://blog.naver.com/amhbook
　　　　　　　다음 http://blog.daum.net/amhbook
　　　　e-mail: am@amhbook.com
　　　　등록: 2004년 4월 6일 제7-276호

ISBN 978-89-6184-375-1 03800
정가 16,000원

이 도서의 국립중앙도서관 출판예정도서목록(CIP)은 e-CIP홈페이지(http://www.nl.go.kr/ecip)와
국가자료공동목록시스템(http://www.nl.go.kr/kolisnet)에서 이용하실 수 있습니다.
(CIP제어번호: CIP2015015292)